언제나 다음 떡볶이가 기다리고 있지

023 **떡볶이**

언제나 다음 떡볶이가
기다리고 있지
김겨울

떡볶이에 대한 고찰

— 추억과 미래를 중심으로

저에게는 이른바 '떡볶이 친구'가 있습니다. 같은 건물에서 8년쯤 같이 근무한 편집자 동료이기도 한데, 공교롭게도 태어난 해가 같아서 친구가 되었습니다. 사실 우리는 많은 것이 다릅니다. 성격, 생김새, 고향, 혈액형, 삶의 방향성, 심지어 MBTI조차도 네 가지 알파벳이 모두 다릅니다. 하지만 마음만은 희한하게 잘 맞아서 무수히 많은 점심시간을 함께 보내곤 했습니다.

지금은 무려 50킬로미터쯤 거리에 떨어져 있어서 전처럼 자주 만나지 못하게 되었습니다. 그럼에도 여전히 각자 책 만들면서 생기는 이런저런 고민을 나누며 새로운 해법을 찾기도 하고, 속상한 일들을 털어놓으며 마음을 달래곤 합니다.

그래도 보고 싶은 날에는, 누가 먼저랄 것도 없이 메시지를 보냅니다. "우리 떡볶이 먹으러 가자." 그러면 찰떡같이 알아듣고 "속상한 일이 있구나." "만나서 얘기해야 할 기쁜 소식이 있어?" 떡볶이 뒤에 숨겨진 일들을 가늠해봅니다. "떡볶이 먹으러 가자."는 말은 저에게 "달이 참 예쁘네요."와 맞먹는 아름다운 은유였어요.

언젠가 제작사고가 나서 초판을 전량 폐기했다는 친구와 보글보글 끓는 즉석 떡볶이를 사이에 두고 마주 앉았던 기억이 납니다. "너의 잘못이 아냐. 너무 자책하지 마." 그렇게 말하는 저를 바라보며 친구는 눈으로는 울면서도 손으로는 하염없이 떡을, 어묵을, 튀김을, 입으로 가져갔습니다.

그날의 그 떡볶이가 이 책에서 말하는 "다시 힘내서 다음 일을 할 시간"을 만들어주었음을 이제는 압니다. 오늘 하루는 조금 엉망이었지만 우리에겐 언제나 다음 떡볶이가 기다리고 있으니까요. '이상하고 자유로운 할머니' '피아노 치는 할머니' '카페에서 공부하는 할머니' 등등 장래희망으로서의 멋진 할머니들이 존재하지만, 저는 '언제든 "떡볶이 고?"를 외칠 수 있는 친구가 있는 할머니'가 되겠다고 다짐해봅니다.

그때도 저의 책장에는 이 작은 떡볶이 책이 누렇게 바랜 채 오랜 친구처럼 꽂혀 있을 겁니다. 그 친구도 흰머리를 단정히 묶고 어깨에 에코백을 멘 채 제 곁에 있기를 바랍니다.

Editor 김지향

차례 ───────

그래도 나는 K-인간

"겨울 님, 도대체 뭘 드시는 거예요?"

이 소리는 인스타그램 라이브 방송을 할 때마다 터져 나오는 시청자들의 의구심 가득한 질문 소리입니다. 우리의 소리를 찾아서…. '스위스 장수마을 할머니 건강 식단(정말 그런 게 있는지조차 모르겠지만)'으로 불리곤 하는 나의 식사는 전적으로 나의 입맛에 기초하고 있다. 라면 싫어하는 사람이 세상에 있을까? 여기 있다. 햄버거는? 여기 있다. 과자는? 안녕하세요. 케이크는? 김겨울입니다. 심지어 전 국민이 사랑한다는 치킨도 별로 시켜 먹지 않고, 한식도 그다지 즐겨 먹지 않는다. 이제 여러분의 마음속에도 떠올랐을까. "도대체 뭘 먹고 사세요?"

내가 가장 애착을 가지고 있는 식재료는 토마토와 치즈와 요거트다. 냉장고에는 김치 대신 토마토 마리네이드 혹은 드라이드 토마토가 밑반찬처럼 준비되어 있고 채소 칸에는 여러 종류의 비건 치즈가 구비되어 있다. 여유가 있을 때는 두유를 사다가 요거트를 직접 만들어 먹고, 보통은 두유 그릭 요거트를 대용량으로 사다 먹는다. 냉장고 한편에는 토마토 마리네이드를 만들 때도 쓰고 비건 치즈와도 함께 먹는 발사믹 비니거와 화이트 와인 비니거가 떨어지지 않게 준비되어 있다. 여기에 장류 같은 기본적인 아이템(거의 먹지 않지만)과 각종 제철 과일, 순두부며 큐브 두부며 하는 여러 종류의 두부, 얼려둔 채소, 동네 채식 식당의 후무스, 주식처럼 먹는 통밀빵을 더하면 냉장고가 거의 완성된다. 먹다 남은 와인과 여름에는 냉침해둔 녹차도 빠질 수 없다.

찬장에는 잔뜩 사둔 레토르트 채식 카레와 즉석밥, 파스타 면, 파스타 소스, 홀 토마토 캔, 그래놀라, 땅콩 버터, 삶은 콩 캔이 있고, 올리브유는 늘 좋은 등급으로 두세 병 준비해둔다. 물론 1인 가구답게 비상용 비건 라면도 몇 봉 있고 조미김도 몇 개 있지만 자주 찾진 않는다. 1년에 한 번쯤 먹을까? 이쯤 되니 대충 유럽 어딘가에 있을 것만 같은 장수마을 주민 소리를 듣는 것도 이상한 일은 아니다.

한국에서 태어나 집밥과 급식을 먹고 자랐다. 열아홉 살까지 먹은 음식의 80%는 한식이었을 것이다. 나도 김치볶음밥에 김치를 올려 먹고 고추장에 고추를 찍어 먹으며 마늘과 깻잎을 향신료가 아닌 채소라고 생각하며 살아왔다. 그런 사람이 어쩌다가 이런 냉장고를 갖게 되었을까? 여기에는 타고난 식성과 뿌리 깊은 무의식, 후천적 학습이 종합적으로 작용하고 있을 것이다. 한식, 특히 일품요리가 아닌 밥과 반찬으로 구성된 기본적인 한식 식단에 대해 나는 트라우마에 가까운 무의식을 가지고 있다고 느낀다. 집에서도 학교에서도, 그렇게 구성된 한식을 먹을 때 밥 반 공기 이상을 먹은 적이 별로 없었다. 그때의 식사는 '꾸역꾸역'이라고밖에는 묘사할 수 없다.

지금의 나는 훨씬 편안하고 건강하다. 평소에 주로 먹는 음식을 몇 가지로 정해두고 큰 고민 없이 먹는다. 대단히 화려하거나 정성스러운 음식을 해 먹는 일은 잘 없지만, 그만큼 선택에 별 에너지를 쏟을 필요가 없고 각각의 식재료에서 본연의 맛을 느낀다. 맛있으면서도 크게 손이 가지 않고 건강한 음식을 챙겨 먹으려는 시도의 결과물이 바로 저 냉장고와 찬장이다.

하지만 냉장고는 아직 완성되지 않았다. 앞서 소개한 냉장고에는 빠뜨린 칸이 하나 있다. 냉동고

가장 위쪽 한 칸. 여기에는 각종 레토르트 떡볶이가 차곡차곡 얼어 있다. 제조회사는 달라도 늘 떡볶이다. 하나가 빠지면 하나가 채워진다. 이번에는 여기 떡볶이, 다음에는 저기 떡볶이, 그다음에는 또 다른 떡볶이. 세상에 나오는 모든 떡볶이를 먹어보기라도 하겠다는 듯이 칸은 계속해서 비워지고 채워진다. 장보기 목록에는 늘 떡볶이가 한두 개씩 들어가 있고 마트에 가서는 떡볶이 코너 앞에서 서성거린다. 인터넷 쇼핑 중에 맛있어 보이는 떡볶이에 마음을 뺏겨 홀린 듯이 주문했다가 냉동고에 욱여넣느라 사투를 벌이는 것은 일상이다. 그 떡볶이도 먹어봐야 하는데, 아 참 거기 떡볶이도 먹어봐야 하는데, 마음속 리스트는 쉴 새 없이 갱신된다. 그중에 반의반도 못 먹는 형편이기는 하지만, 여전히 떡볶이는 나를 위로하는 유일한 한식이자 인생의 동반자다.

내가 어느 날 외계인에게 납치당해 다짜고짜 한국인이라는 것을 증명해야 하는 처지에 놓인다면 일단 "아니 근데 진짜"로 말을 시작한 다음에, 외계인 선생님들 점심은 드셨냐고 물어보고, 양말을 찾으면서 "야항마아알이~ 어디에 이있지~"를 흥얼거려주고는, 떡볶이가 얼마나 맛있는지 역설할 것이다. 어느 정도 맵냐고 하면 신라면 정도 맵기라고 대답하면 된다. 내가 아무리 매 끼니 요거트에 파스타를 먹고 산삼이 새겨진 수저 세트는 애저녁에 나눔을 했더라도 나는 여전히 한국에서 나고 자란, K의 피가 흐르는 한국인인 것이다. 나의 떡볶이 사랑이 그것을 증명한다.

우리나라 사람이라면 으레 그렇듯 떡볶이에는 어린 시절부터의 애틋한 추억이 있다. 집에서 해 먹던 떡볶이부터 학원 앞 트럭에서 먹던 떡볶이, 학교 앞 포차에서 먹던 떡볶이, 술 먹고 해장용으로 먹은 떡볶이, 친구네 집에서 시켜 먹은 떡볶이까지, 즐겁고 맛있는 기억이 누구에게나 줄줄이 있을 법하다. 떡볶이라는 주제 하나만 가지고도 얼마나 많은 이야기를 할 수 있던가. 거의 전 국민이 떡볶이 전문가일 것이고 거의 전 국민이 떡볶이 맛집을 하나쯤 알고 있을 것이다. (이 책을 쓴다는 소식을 들은 청자 열 명 중 여덟 명이 자신의 떡볶이 맛집을 소개해주었다.) 떡볶이 추억 자랑대회 같은 걸 하면 남녀노소를 불문하고 뛰어나와 자신의 추억을 몇 시간이고 이야기할 수 있을 것이다.

그 추억의 시간에 이제는 닿을 수 없는 것일까? 기억 속 시간으로 되돌아갈 수는 없지만, 음식이라는 근사한 매개체는 나의 마음만큼은 언제든 그곳에 순식간에 도달할 수 있도록 도와준다. 그리고 다시금 새로운 힘을 내도록 격려해준다. 그 덕에 요조의 『아무튼, 떡볶이』를 즐겁게 읽고서도 이 책을 계약하는 짓을 저지르고 만 나의 심정을 독자분들은 충분히 이해할 수 있으리라 믿는다. 나의 기억도, 독자 여러분의 기억도 이 책에서 흥겹게 만날 수 있기를 바란다.

신나게 새롭게

냉장고에서 고추장을 꺼낸다는 것은 떡볶이를 시작하겠다는 뜻이다. 웍을 가스레인지에 올려놓고 냉장고에서 고추장을 꺼내자 엄마가 묻는다. "떡볶이 하게?" "어." "그래."

스위치를 돌려 불을 피운다. 타타타타타타타… 화륵. 웍이 데워지기까지 조금 기다렸다가 식용유를 살짝 두른다. 고추장 단지 뚜껑을 열어 숟가락 바깥쪽으로 크게 한 스푼을 떠 기름 위에 얹는다. 조금 부족한가? 고추장을 조금 더 떠서 얹고, 뚜껑을 닫아 도로 냉장고에 넣는다. 나무나 실리콘으로 된 볶음주걱을 꺼내서 고추장을 조금씩 저어가며 볶는다. 고소한 냄새가 나기 시작할 때쯤 간장 두세 스푼, 고춧가루 한 스푼, 설탕 한 스푼, 물엿 한두 스푼을 더한다. 잘 저어 붉고 걸쭉한 소스가 되면 물을 자작하게 붓는다. 보골보골보골. 살짝 끓어오르게 두고 냉동실을 열어 떡을 꺼낸다. 냉동실에는 으레 떡국떡이 있기 마련이다. 집게를 끌러 입구를 조금 벌린 뒤 소스 위로 떡을 탈탈탈 붓는다. 양 조절에는 늘 실패한다. 도로 비닐을 둘둘 말아 집게로 고정해 냉동실에 넣은 뒤, 주걱으로 웍을 저어가며 떡을 익힌다.

어묵은 있어도 좋고 없어도 좋다. 송송 썬 대파나 잘게 썰어둔 고추를 넣어도 좋다. 떡이 익을 때까지 냉장고가 허락하는 대로 이런저런 재료를 넣고, 다 되었을 때쯤에 참기름을 살짝 두른다. 마지막으로 간을 보고 불을 끄고 웍을 통째로 식탁에 가져간다. 참기름과 고추장의 고소한 향이 피어오른다. 숟가락으로 푹 퍼서 입에 넣는다. 참기름의 향이 먼저 들어오고, 곧이어 달짝지근하면서도 짭짤한 감칠맛이 합쳐진다. 떡국떡은 쫄깃하지만 납작해서 홀렁홀렁 씹어넘기기 좋다. 한입이 다음 입을 부르고, 다음 입이또 그다음 입을 부른다.

이것은 어릴 때 입이 심심할라치면 한번씩 해먹던 원형 같은 떡볶이다. 기름에 고추장을 볶는 것은 엄마에게 배웠다. 조미료를 좀 넣었으면 더 좋았을 텐데 엄마가 그건 가르쳐주지 않았다. 엄마가 만든 떡볶이는 희한하게 맛이 없었는데 그런 이유 때문이었을까. 물론 설탕이나 물엿을 바가지로 넣을수 없었던 부모로서의 책임감 때문이었다는 것을 나도 알고 여러분도 안다. 보호자가 해준 떡볶이가 밖에서 사 먹는 떡볶이보다 맛있다고 평하는 사람을 지금껏 살면서 거의 만나본 적 없는 것도 어쩌면 당연하다.

그래서 택한 것이 내가 직접 해 먹는 방법이었다. 설탕과 물엿을 쏟아붓진 않았지만 고추장과 간장을 좀 더 넣어서 약간 짭조름하고 매콤하게 만들었다. 간장의 짠맛이 튀어오르려고 할 때 참기름이 눌러주는 고소한 맛이 좋아서 참기름도 꼭 빼놓지 않고 둘렀다. 아주 오랫동안 나의 떡볶이는 이런 정체를 알 수 없는, 맵고 짜고 달고 고소한 무엇, 묘하게 한식 같지만 또 묘하게 분식 같은 무엇이었다. 지극히 개인적인 입맛에 맞춘 이 떡볶이를 객관적으로 맛있다고 말하기는 어려울지도 모르지만 그 어느 떡볶이보다도 마음의 고향 같았던 이 떡볶이를, 그립지 않다고 말하기는 더 어렵다.

그립다니 무슨 소리람? 만들어 먹으면 그만인 것을. 만들어 먹으면 그만인데, 이 레시피로 떡볶이를 하지 않은 지 오래되어 그때 내가 좋아했던 맛이 정확히 어땠는지 잘 기억나지 않는다. 지금 그대로 간을 맞춘다고 그때와 같은 맛이 날까. 그동안 분명히 나는 변했을 것이고, 나의 입맛도 선호도 바뀌었을 것이다. 밖에서 수없이 사 먹었던 다른 떡볶이의 영향도 있을 테다.

언젠가부터 나는 이 레시피 대신 후추와 조미료를 넣어 칼칼한 떡볶이를 만들어 먹기 시작했다. 이건 밖에서 파는 떡볶이의 맛이 트렌드에 따라 변한 현상과도 무관하지 않다. 고춧가루와 후추로 작정하고 매운맛을 낸 떡볶이에 익숙해진 지금, 다시 그 구수하고 슴슴한 떡볶이로 돌아간다면 만족스러울까? 아니, 어쩌면 그때 먹었던 떡볶이도 딱히 슴슴하지는 않았던 게 아닐까? 시간이 흐르고 보니 알 수 없는 것투성이다. 그때의 떡볶이는 무엇이었는지. 내가 어떤 맛을 좋아했는지. 대체 떡볶이에 참기름이 들어간 건 무슨 요상한 맛이었는지.

떡볶이의 맛보다 더 오랫동안 기억에 남아 있는 것은 이런 것들이다. 왼손으로 떡볶이를 퍼먹으면서 오른손으로는 숙제를 하느라* 웍과 문제지 사이

* 글씨만 오른손으로 쓰는 왼손잡이라서 어릴 때부터 왼손으로 밥을 먹으면서 오른손으로 숙제를 하거나 공부를 하곤 했다. 한 번에 두 가지를 할 수 있는 고효율의 듀얼 모드.

를 도리도리 오가던 내 얼굴. 좁은 책상에 커다란 웍을 놓는 바람에 부족해진 자리에 살살 펴둔 참고서. 나도 모르는 사이 책상에, 소매에, 샤프펜슬에 묻은 붉은 얼룩과 물티슈로 그걸 훔치던 나. 숟가락으로 떡국떡을 푹 퍼서 입에 욱여넣고 우물대며 오른손으로 문제지를 풀고 있으면 대개 주인공이 되는 것은 문제지였다. 그러다 언제 다 먹었는지도 모르게 비워진 웍을 보며 아쉬움을 감추지 못하는 것이 정해진 수순.• 특별히 기념할 만한 추억은 아니지만 쉽게 사라지는 기억도 아니다.

설령 다시 만들어본 그때의 떡볶이가 이제 와 만족스럽지 않더라도 애석해하지 않기로 한다. 세상에는 맛있는 떡볶이가 무척 많고 그걸 다 탐방하기에도 인생은 짧다. 그리움에 묶여 그때의 맛에 매달리느니 새롭게 맛있는 맛을 찾아보기로 한다. 옵션은 많다.

• 그러고 보면 스마트폰이 생기기 전에는 참 많은 일을 할 수 있었던 것 같다.

달달한 학교 앞 떡볶이가 있는가 하면 땀이 나도록 매운 프랜차이즈 떡볶이가 있다. 학교 앞이긴 한데 약간 더 매울 수도 있고 프랜차이즈이긴 한데 분식집 스타일일 수도 있다. 달큰한 무에 감칠맛이 도는 시래기에 향긋한 고사리까지, 들어가는 재료도 가지각색이다. 닭갈비와 떡볶이 사이 어딘가에 위치한 떡볶이나 코다리찜과 떡볶이 사이 어딘가에 자리 잡은 떡볶이도 있다. 둘러앉아 팔팔 끓여 먹는 전골 같은 즉석 떡볶이도 있고, 기름에 바짝 볶은 바삭 쫀득한 기름 떡볶이도 있다. 컵에 담으면 컵 떡볶이, 배달하면 배달 떡볶이, 포차에서 팔면 포차 떡볶이. 동그랗고 작은 쌀떡, 잘 끊어지면서도 양념이 잘 밴 밀떡, 커다랗게 베어 무는 맛이 있는 가래떡, 식어도 쫀득하고 깔끔한 맛이 나는 판밀떡, 푹푹 떠먹을 수 있는 떡국떡, 파스타 같기도 한 조랭이떡, 반을 똑 베어 물면 치즈가 쭉 늘어나는 치즈떡이나 설탕물이 배어 나오는 꿀떡. 고춧가루로 깔끔하게 매운맛을 낸 떡볶이, 고추장과 간장으로 양념한 구수한 떡볶이. 어묵 국물로 간을 한 떡볶이, 설탕물에 떡을 끓여 단맛을 극대화한 떡볶이. 치즈를 녹여 붓거나 소스에 생크림을 섞을 수도 있고 마라 소스를 더할 수도 있고 춘장을 달달 볶아 짜장 맛을 낼 수도 있다.

남은 날 동안 먹어봐야 할 떡볶이가 이렇게나 다양하다는 생각을 하면 좀 신이 난다. 떡볶이는 많은 사람들의 노스탤지어의 대상이지만 동시에 시대를 따라 기민하게 변화하는 음식이기도 하다. 과거와 현재의 한복판에서 뛰어놀기에 이만한 음식이 없다. 전통을 지키지 않는다고 해서 "떡볶이라는 게 말이야~" 하면서 동네방네 지적을 받지도 않는다. 바질 크림 떡볶이 같은 게 나와도 맛있으면 그만이다. 젊은 사람들은 새로운 떡볶이가 나오면 호기심으로 주문해보고, 다음엔 또 어떤 떡볶이가 나올지 기대한다. 이만하면 사실상 하나의 놀이가 아닐까?

그래서 오늘도 먹는다. 오늘의 선택은 시래기 떡볶이. 짜장 떡볶이에 파김치를 먹을까 무로 단맛을 낸 떡볶이를 먹을까 동네 떡볶이집에서 3,000원어치를 사 올까 하다가 어렵게 결정했다. 도대체 떡볶이에 시래기를 넣으면 무슨 맛이 날까, 어떤 스타일로 간을 맞췄을까 궁금하다. 후기를 보니 남은 양념에 밥을 꼭 볶아 먹으라고 한다. 오호라, 밥을 볶으라는 걸 보니 짭조름한 밥반찬 스타일일까. 여기엔 참기름이 잘 어울릴지도 모른다. 이따가 끓여서 양념을 덜어두었다가 잘 써먹어봐야겠다. 집에 있는 뽕잎나물밥과 볶으면 맛있을까? 벌써부터 입에 침이 고인다.

떡볶이란 무엇인가

떡볶이란 무엇인가? 우리는 무엇을 '떡볶이'라고 부르는가? '국물이나 소스에 떡을 넣어 익힌 음식'이라고 말할 수 있을까? 이 정의하에서 살펴본다면 떡볶이와 유사한 음식에는 떡국, 떡이 들어간 부대찌개, 떡이 들어간 갈비찜 등이 있다.

그렇다면 떡국은 왜 떡볶이가 아닌가? 국물이 있기 때문에? 하지만 묽은 떡볶이에도 국물은 있다. 고추장이 들어가지 않기 때문에? 하지만 우리에게는 크림 떡볶이와 짜장 떡볶이도 있다. 떡의 종류가 다르기 때문에? 그렇다면 떡국떡을 쓰는 종로의 모 떡볶이집을 반례로 가져올 수밖에 없다. 결국 떡국은 어떤 면에서 '사골 떡볶이'라고 부를 수 있지 않을까? 떡사리를 추가한 찜닭과 닭고기사리를 추가한 간장 떡볶이는 사실 같은 음식인 게 아닐까? 라면에도 떡사리가 들어가고, 부대찌개에도 떡사리가 들어가며, 숯불치킨에도 요거트 아이스크림에도 빙수에도 떡이 들어간다! 결국 우리는 거대한 떡볶이 유니버스에 살고 있는 것이다!

물론 진심으로 이런 소리를 하는 건 아니다. (나에게도 유머에의 욕구 이전에 최소한의 사회적 양심은 있다.)

떡볶이라는 음식이 단순히 고추장 소스에 떡을 익힌 형태를 넘어 다양한 모습으로 변신하고 있고, 우리의 식문화에 자연스럽게 녹아 있다는 점을 짚고자할 뿐이다. 표준국어대사전에서는 떡볶이를 "가래떡을 적당한 크기로 잘라 여러 가지 채소를 넣고 양념을 하여 볶은 음식. 양념은 간장으로 하기도 하고, 고추장으로 하기도 한다."라고 정의하지만 앞서 말했듯 가래떡이 아닌 떡을 쓸 때도 많고, 채소가 들어가지 않은 떡볶이도 많으며, 심지어 볶지 않는 떡볶이도 있다.

　지금과 같은 떡볶이가 널리 판매된 것은 그다지오래된 일은 아니라고 한다. 원래 떡볶이라고 하면 궁중 떡볶이가 먼저였다. 진짜 궁에서 먹던 음식인지는 알 수 없으나, 지금도 아이들에게 만들어주는 맵지 않은 간장 떡볶이에 그 전통이 남아 있다. 버섯, 고기, 채소 등을 볶아 떡과 함께 간장 양념을 하는 것이니 사실상 잡채와 비슷한 음식이 아닐지. 그러다 일제강점기에 통인시장 같은 곳에서 맵게 양념한 떡을 기름에 '볶는' 기름 떡볶이가 등장했고, 맛의 비밀은 며느리도 모른다는* 신당동 고추장 떡볶이가 등장했다. 우리가 즐겨 먹는 형태의 떡볶이는, 그러니까 1950년대 이후 만들어졌다고 보는 게 맞는다고 한다.

그러고 보면 요즘은 떡을 '볶지' 않는 경우가 많은데 떡볶이라고 부르는 데는 역사적인 배경이 있는 셈이다. 진짜로 채소와 같이 볶는 궁중 떡볶이가 있고, 기름 떡볶이도 기름에 고춧가루 등을 넣고 떡을 볶는다. 마복림 할머니의 1996년 인터뷰에서도 중국식 양념에 볶은 떡을 먹어봤다가 맵게 만들어야겠다는 생각으로 고추장에 볶은 떡을 떠올렸다는 말이 나온다. 이건 일본어 잔재를 순화한다는 이유로 강제로 볶음류로 분류당한 닭볶음탕**과는 근본부터

---

* 이제는 이 유행어를 모르는 사람도 많을 테니 부연하자면, 신당동 떡볶이 타운의 원조 터줏대감이라고 할 수 있는 마복림 할머니가 1996년 한 고추장 CF에 나와서 했던 대사다. 당시에는 전 국민이 알고 있었다고 해도 과장은 아닐 것이다.

** 닭도리탕이라고 부르는 게 옳지 않다면 차라리 새로운 조어를 하는 게 맞는다고 생각한다. 기본적으로 닭을 양념과 함께 끓이는 음식이지 볶는 음식도 아닐뿐더러, '볶음'은 물기 없이 익히는 조리법이고 '탕'은 오래 끓여 국물을 우려낸 것을 뜻하는데, '볶음탕'이라니 이게 대체 무슨 소리란 말인가.

가 다른 것이다. 물론 지금 우리가 먹는 떡볶이는 사실상 '떡 전골'이나, '떡 고춧가루 소스 졸임'이라고 부르는 게 더 적합할지도 모르겠지만.

어쨌든 21세기를 기준으로 우리가 생각하는 가장 보편적인 형태의 떡볶이는 떡과 소스로 이루어진 음식이다. 어떻게 보면 지극히 단순한 형태의 음식이라고 할 수도 있다. 탄수화물 덩어리를 만든 다음, 그걸 그냥 먹으면 밋밋하니 맛있는 소스를 더한다. 탄수화물의 단맛과 식감, 소스의 다채로운 맛이 어우러져 배를 채운다. 비슷한 음식이 양식(洋食)에도 하나 있다. 파스타다.

외국인들이 떡볶이를 보고 '코리안 파스타'라고 하는 걸 봤다. 그렇네. 한국 파스타네. 곡물 가루로 만든 반죽을 익혀서 소스를 부으면 파스타니까. 파스타도 스파게티만 있는 게 아니라 대롱 모양의 펜네도 있고, 소라껍데기 같은 콘킬리에도 있고, 수제비와 흡사한 뇨키도 있으니까 진짜 비슷하다. 심지어 이 책을 쓰던 와중에 떡 없이 뇨키와 분모자만 들어간 떡볶이를 발견했다. (아니 그건 이제 '떡'볶이가 아니잖아요…?) 그렇게 생각하면 고추장을 더한 한국식 로제 소스에 떡도 들어가고 파스타 면도 들어가는 건 꽤 개연성 있는 결말인 셈이다. 게다가 그런 로제 떡볶이에 들어가는 떡은 파스타와 비슷하게 생긴 누들 밀떡인 경우도 많으니까. 반대로 생각하면, 내가 파스타 중에서도 숟가락으로 푹푹 퍼먹을 수 있는 펜네나 리가토니에 매콤한 토마토 소스를 더해 먹는 걸 좋아하는 것도 떡볶이를 좋아하는 취향과 일맥상통하는 셈이다. 떡볶이가 코리안 파스타라면, 파스타는 웨스턴 떡볶이. 내가 가장 즐겨 먹는 두 음식이 사실상 거의 같은 음식이었다니.

파스타와 떡볶이의 작은 차이가 있다면 듀럼 밀로 만드는 파스타 면이 떡에 비해 건강에 유리한 부분이 있다는 것이다. 쌀밥에 비해 단백질 함량이 비교적 높고 GI지수•가 낮은 파스타 면은 다이어트를 할 때 먹어도 괜찮은 음식으로 거론되기도 한다. 하지만 다이어트를 할 때 파스타를 먹고 싶어 하는 사람보다 떡볶이를 먹고 싶어 하는 사람이 많다는 점

• 탄수화물을 섭취한 후 혈당이 상승하는 정도를 나타낸 값.

에서 우리는 많은 것을 유추할 수 있다. 이를테면 떡볶이가 몸에 안 좋은 만큼 더 맛있다든지, 인간은 자고로 탄수화물을 정제하면 할수록 행복해진다든지. 역시 입에 쓴 게 몸에 좋고 입에 단 게 몸에는 쓴 법이다. 뭐 파스타도 이 정도면 입에 꽤 단 편이니 나름대로 선방했다고 해줘야 할지도. 아니 그러고 보니 뇨키 (떡)볶이는 그냥 떡볶이보다 혈당이 좀 덜 오르려나?

한번은 펀딩 사이트에 들어갔다가 내가 제일 좋아하는 파스타 소스로 만든 떡볶이 밀키트 펀딩이 있길래 냉큼 펀딩을 신청해둔 뒤 트위터에 소식을 알렸다. 냉동실에 항상 열 팩씩 사다 쟁여놓는 파스타 소스가 있는데, 그걸로 만든 떡볶이 밀키트 펀딩을 하고 있으니 한번 살펴보시라는 트윗이었다. 유튜브를 하면서도 느끼는 거지만 어쩐지 나에게 나도 모르는 하하유니버스적*인 영업맨의 DNA가 있는 모

---

* '그 분야에 엄청나게 뛰어난데 나만 모르는' 정도의 의미로 쓰인다. MBC 프로그램 〈무한도전〉 출처의 유행어.

양인지 해당 트윗은 하룻밤 만에 수천 회가 리트윗되었고 밀키트 펀딩은 무려 목표 금액의 3,500%를 달성했다. 펀딩 페이지 소식란에 나에게 감사를 전하는 글이 올라왔고 회사에서 따로 고맙다는 연락도 받았다.

예상치 못한 전개에 조금 당황했지만, 그보다 일단 기뻤다. 제일 좋아하는 파스타 소스로 만든 떡볶이가 나오다니! 심지어 이번에 대박 났으니 당분간 쟁여둘 걱정 없이 사 먹을 수 있겠구나! 나의 파스타 사랑과 떡볶이 사랑이 만나는 역사적인 순간이었다.

거의 1년 동안 웨스턴 떡볶이와 코리안 파스타만 먹고 살았던 때도 있다. 이십대 초반에 교환학생으로 미국에 다녀왔는데, 한 학기를 휴학하고 아르바이트를 해서 간신히 모은 돈으로 갔던지라 늘 돈이 부족했다. 돈이 부족하면 식비부터 마른다. 보통은 마트에서 파는 0.99달러짜리 소스의 절반에 3.99달러짜리 면의 4분의 1을 섞어서 파스타를 만들어 먹었다. 그렇게 먹으면 한 끼를 1.5달러 정도로 해결

할 수 있어서 정말 지긋지긋할 정도로 해 먹었다. 한국에 돌아온 뒤로도 1년쯤은 파스타를 쳐다보고 싶지도 않았을 정도로.

그렇게 사료 먹듯이 파스타를 먹다가 맵고 짠 한식이 먹고 싶어지면 비장의 아이템을 꺼냈으니 그게 떡볶이였다. 학교 후문 쪽에 일식과 한식을 파는 곳도 있었고 다운타운에는 한국에서 온 떡볶이 키트를 파는 곳도 있었지만 아무튼 다 비싸니까, 웬만하면 집에서 직접 만들어 먹었다.

레시피는 단순하다. 웍을 꺼내 기름에 고추장을 조금 볶다가 고춧가루, 간장, 설탕을 때려 넣고 물을 붓는다. 물이 끓으면 냉동실에 구비해둔 떡국떡을 넣는다. 끝. 대파도 없고 어묵도 없다. 사실상 1.5 달러짜리 파스타와 구성은 똑같다. 밀가루에 소스니까. 하지만 그걸 숟가락으로 푹푹 퍼먹는 때만큼은 좋아하는 음식을 먹고 있다는 생각에 행복했다. 이걸 대체할 수 있는 음식은 세상에 없지. 이 달콤짭짤 매콤쫀득한 떡볶이.

그걸 먹고 있으면 나는 캘리포니아의 작은 대학교 동네에서 순식간에 서울 어딘가의 분식집으로 공

간과 시간을 뛰어넘을 수 있었다. 컨디션이 좋지 않
아 열이 오르다가도 이 한 접시로 금세 힘을 낼 수
있었다. 스무 살이 되자마자 한국에서 도망치고 싶
어서 각고의 준비 끝에 미국으로 떠났지만, 그렇다
고 한국의 모든 게 싫은 건 아니었다. 한국에는 여전
히 내가 사랑하는 것들이 있었고, 떡볶이는 그중 하
나였다. 떡볶이는 한국의 좋은 점만을 상징하는 음
식이었다. 내가 두고 올 수 없는 것. 계속 새롭게 만
들 수밖에 없는 것.

　몇 년 전에는 한 음식평론가가 '떡볶이는 맛이
없는 음식'이라고 선언해 질타를 받은 적이 있는데,
생각해보면 떡볶이가 맛이 없다는 건 좀 이상한 말
이다. 탄수화물을 뭉쳐서 맛있는 소스와 함께 먹는
형태의 음식은 전 세계에 다 있고, 각 나라마다 나름
의 방법으로 맛있게 열량을 채우기 위한 노력들이
있었다. 그 노력이 이탈리아에서는 토마토 소스가
되는 거고 중국에서는 마라와 땅콩 소스가 되는 거
고 한국에서는 고추장과 고춧가루가 되었을 뿐. 설
탕이 많이 들어갔다는 이유로 맛이 없는 음식이라고

말할 거라면 디저트도 맛이 없는 음식이라고 해야 하고, 맛이 단조롭고 식재료 본연의 맛이 느껴지지 않는다는 이유로 맛이 없는 음식이라고 말할 거라면 토마토의 감칠맛으로 밀어붙이는 토마토 소스 파스타나 마라 소스로 식재료를 장악해버리는 마라샹궈도 맛이 없다고 해야 하지 않을까.•

    떡볶이가 몸에 안 좋은 음식일 수는 있지만 맛이 없는 음식이기는 힘들 것 같다(고, 그럼에도 여전히 주장해본다.). 우리가 본능적으로 끌리는 거의 모든 맛이 다 들어가 있는데 그럴 리가. 설탕과 물엿이 담당하는 강력한 단맛과 간장으로 대표되는 짠맛, 화학조미료의 감칠맛, 고추장과 고춧가루의 매운맛이 모두 들어가 있다. 거기다 떡이 담당하는 포만감과 쫀득쫀득한 식감, 어묵의 부드러운 식감과 생선 감칠맛이 더해지니 이걸 맛이 없다고 느끼는 게 더 어려울지도 모르겠다. 글쎄, 이건 지극히 한국인 관점의 이야기일까?

•   어쩌면 그렇게 생각하는 사람이 실제로 있을지도 모르겠다. 각자의 의견을 존중하는 바이다.

그러니까 나는 떡볶이에서 떡은 별로고 어묵이 좋아 혹은 어묵은 별로고 떡만 좋아, 대파가 많이 들어간 게 맛있어 혹은 대파는 끈적해서 싫어, 정도의 호불호 차이는 있을 수 있어도 떡볶이 자체를 극렬하게 싫어하기는 쉽지 않을 듯하다. 예전에는 쫄깃한 식감에 익숙하지 않은 외국인들이 떡을 어색해하기도 했다지만 이제는 K-문화의 바람과 함께 식감에 대한 학습도 이루어졌다. 나이를 먹을수록 맵고 달고 짠 음식이 피로하게 느껴질 수도 있겠으나 그 것도 맛의 문제라기보다는 신체 컨디션의 문제라고 생각한다.

우리가 떡볶이를 맛있다고 학습한 것은 잘못이 아니다. 단맛에 길들여진 것도 잘못이 아니다. 인간은 원래 생존에 도움이 되는 열량이 포함되어 있다는 증거로서 본능적으로 단맛을 좋아한다. 떡볶이를 좋아하는 것이 무슨 문제가 있거나 하등한 취향인 것도 아니다. 나는 재료 본연의 맛을 살린 음식을 사랑하지만, 동시에 떡볶이도 좋아한다. 물론 마라샹궈도 토마토 파스타도 좋아한다. 거기에는 아무런 문제도 없다.

진짜 중요한 것은 우리가 음식에 두고 있는 마음일 테다. 늘 새롭고 기쁜 것. 잊을 수 없어 계속 만드는 것. 먹으면 위로받고 힘이 나는 것. 떡볶이란 무엇인가? 영원히 따뜻한 어떤 것, 환하고 즐거운 어떤 것이다.

식사인가 간식인가

하루는 인터넷 서핑을 하다가 충격적인 게시글 제목을 봤다. '떡볶이는 식사가 될 수 있는가.' 이게 무슨 소리야? 떡볶이가 식사가 아니면 뭐지? 저 말의 의미를 이해하지 못해서 나는 무슨 다른 의미가 있는 줄 알았다. 클릭해서 보니 진짜로 떡볶이가 식사인지 간식인지를 놓고 이야기하는 중이었다. 네? 저는 평생 떡볶이를 한 끼 식사로 생각해왔는데… 떡볶이를 먹으면 배가 부르지 않나요…? 그런데 의외로 많은 사람들이 떡볶이를 간식으로 생각하는 모양이었다. 특히 배달 떡볶이가 익숙해진 요즘보다는 하굣길 학교 앞 떡볶이를 별미로 즐기던 이전 세대의 사람들에게 떡볶이가 간식이라는 인식이 더 깊게 박혀 있는 듯했다.

생각해보면 학교 급식에도 떡볶이는 늘 반찬으로 나왔을 뿐, 밥을 대신한 적은 없었다. 자라나는 학생들에게 균형 잡힌 (그리고 아마도 단가와 타협해서 적당히 먹을 만하지만 충분히 맛있지는 않은) 영양소를 제공하는 것이 목표였을 그 당시 급식에서 밥을 떡볶이로 대체한다는 것은 어떤 불경한 행위처럼 느껴졌을 것도 같다. 아니 애들한테 밥을 먹여야지 밥 대신 떡볶이 같은 걸 먹인다고? 이건 한국인의 분노 버튼을 망치로 내려치겠다는 소리다. 하다못해 떡볶이를 먹었더라도 '한국인은 밥심이지' 정신으로 밥을 또 먹는 것이 K-정신이었던 것을…. 떡볶이가 간식이라는 생각도 아마 여기서 출발했을 테다. 뭐? 떡볶이가 식사라고? 한국인은 밥을 먹어야지!

하지만 배달 최소 주문 금액을 넘기고 사이드 메뉴를 추가하고 배달비까지 더하면 3만 원이 넘어가는 시대에 떡볶이를 간식이라고 할 수는 없을 것 같다. 500원짜리 컵 떡볶이는 간식이 분명했지만 요즘의 떡볶이는 간식이라기엔 비싸기도 하고 양도 만만치 않으니까. 3만 원짜리 간식에 문제가 있다는 건 아니고, 3만 원짜리 간식이라고 하면 틴케이스에 담긴 버터 함유량 40%의 고급 쿠키를 두어 개 오독오독 씹어 먹는 모습이 연상된달까. 하지만 세숫대야만 한 플라스틱 용기에 담겨 오는 떡볶이를 후루룩후루룩 퍼먹는 건 기분으로나 양으로나 탄수화물로나 칼로리로나 밥이 분명하다. 이걸 간식으로 먹고 밥을 또 먹을 수 있는 건 선택받은 대식가들뿐이다.

아직은 다행스럽게도 한 접시에 3,000원짜리 떡볶이를 길거리나 상가에서 만날 수 있지만 배달 떡볶이의 기세는 꺾일 기미가 보이지 않는다. 처음에 떡볶이를 세숫대야만 한 용기에 담아 배달한다고 했을 때 의아해하던 사람들도 이제는 자연스럽게 배달 앱에서 떡볶이를 검색한다. 배달 떡볶이 프랜차이즈가 생기고 본사에서는 소비자의 취향에 발맞춰 계속 새로운 메뉴와 사이드를 개발한다. 처음에는 "떡볶이는 자고로 길에서 사 먹는 판떡볶이지~"라고 자신 있게 말하던 나도 마라 로제 떡볶이라든지 바질 크림 떡볶이가 나오는 걸 보고는 두 손 두 발 다 들었다. 친구들과 모여서 배달 시킬 정도의 특별한 끼니의 자리를 우리가 차지하겠다, 라는 야심이 느껴지는 메뉴들이라서. 이런 떡볶이는 정말 혼자 먹기는 조금 힘들고, 튀김이나 김밥 같은 사이드까지 곁들이면 친구들과 한 끼 식사로 든든히 먹을 수 있는 양으로 출시된다.

간식이나 반찬이라기에 떡볶이는 너무 배가 부른 음식이라 가끔 뷔페에서 만나면 계륵 같다는 생각이 든다. 떡볶이를 좋아하는 입장에서 먹어보고 싶기는 한데 먹으면 금방 배가 부르니, 손을 대기도 그렇고 안 대기도 그렇다. 보나마나 뻔한 떡볶이 맛일 텐데 굳이 여기서까지 먹을 필요가 있을까 싶기도 하고. 이왕 뷔페에 왔으니 본전 이상을 먹어야 한다는 생각이 드는 와중에 나이가 들수록 먹을 수 있는 양도 적어지고. 적은 양으로 본전을 뽑으려면 단가가 높은 음식을 먹는 수밖에 없어 떡볶이를 외면한 적이 한두 번이 아니다. 아이고, 아쉬워라.

그래서 편의점에서 '떡볶이빵'이라는 것을 보았을 때 나는 속절없이 웃으며 그 개연성을 받아들일 수밖에 없었다. 그러니까 떡볶이의 맛은 느끼고 싶지만 1인분의 떡볶이는 좀 부담스러운 사람들을 겨냥하고 싶은데 떡으로 제품을 유통하는 건 떡이 굳기 때문에 불가능하니까 쫀득한 빵을 떡볶이 소스에 찍도록 하겠다는 발상인 것이다. 게다가 빵이라는 특성을 이용해서 약간의 화제몰이도 가능하다. 소비자의 반응이 그다지 좋았던 것 같지는 않지만, 아무튼 신선한 시도이기는 했다.

떡볶이 과자도 비슷한 맥락에서 등장한 게 아닐까? 맛있는 떡볶이를 배 차는 식사가 아니라 바삭한 간식으로 먹으면 좋겠다는 그런 발상. 떡볶이 과자가 처음 나왔을 때는 좀 충격적이었는데(그렇다. 이 과자는 출시된 지 불과 17년밖에 되지 않았고 나는 그 당시를 기억하고 있다.) 지금은 종류도 많아진 듯하다. 하지만 떡볶이보다는 달달한 옥수수 스낵에 가까운 맛이 나기 때문인지 떡볶이의 대체제로 인식되는 것 같지는 않다. 결국 간식으로서의 떡볶이는 점점 그 자리를 잃고 있는 게 아닐까.

대학교 다니던 시절, 학교 앞에 가끔 가던 밥집이 있었다. 돌솥에 밥과 메인 재료, 치즈를 넣어 비벼 먹는 음식과 경양식 돈가스 같은 걸 파는 곳이었는데• 사실 이곳의 별미는 반찬으로 나오는 떡볶이였다. 밥 자체가 양이 꽤 되어서 든든하게 먹는 와중에도 떡볶이가 은근히 중독적이라 계속 리필해서 먹게 되는 마력이 있었다. 숭덩숭덩 씹히는 떡의 식감에,

• 원래 메뉴가 다양해서 끌리는 대로 먹어보는 재미가 있었는데 SBS의 모 프로그램에 나온 이후 메뉴가 세 가지로 줄어버려 아쉬움의 피눈물을 흘렸다. 어차피 이제는 고기를 거의 먹지 않지만, 그래도 한때 내 최애였던 제육치즈밥, 안녕….

묽고 달달하면서 후추의 매운맛이 느껴지는 소스가 어우러진 맛. 약간 식은 상태로 먹어도 희한하게 계속 들어가는 맛이었다. 주문한 메뉴를 잘 먹다가도 한두 입씩 먹으면 순식간에 밥상의 주인공을 차지하는 떡볶이라서 이곳에 갈 때마다 내적 갈등을 겪었다. 떡볶이를 몇 번 리필해 먹을까. 결국은 매번 메인 메뉴도 다 먹고 떡볶이도 두어 접시 먹고 숨 쉬기가 힘든 상태로 식당을 나서곤 했으니 반찬 떡볶이가 이렇게 무섭다. 이것이 바로 밥도 먹고 떡볶이도 먹는 '밥-스피릿'인 것이다.

요즘 급식 사진들을 보니 이런 '밥-스피릿'은 많이 사라진 듯하다. 떡볶이의 옹골찬 탄수화물을 이제는 끼니로 인정할 때도 되었지. 이제 당당히 외쳐보자. 떡볶이는 식사다! 떡볶이가 식사인 세상, 여러분이 만들어갑니다.

시험도 성적도 잠시 잊고

떡볶이의 노스탤지어 1

버스냐, 떡볶이냐. 그것이 문제로다.

— 김겨울(12세, 초등학생)

용돈이 없었다. 친구들은 일주일에 한 번, 혹은 한 달에 한 번 용돈을 타서 쓴다는데 내가 주기적으로 받는 돈이라고는 교통비가 전부였고, 문제지 같은 것을 살 일이 있어도 남은 거스름돈을 반납해야 했다. 친구들을 만날 때는 부모님께 말씀드리고 그때그때 돈을 조금씩 타서 썼다. 1년에 한 번 받는 세뱃돈이 그나마 숨통을 틔워주었지만 그나마도 다 모아봤자 10만 원을 넘지 못하기가 일쑤였다. 그 정도는 갖고 싶었던 CD 몇 개면 동이 났다. 결국 수중에 있는 돈은 교통비 조금과 친구들을 만나서 쓰고 남은 약간의 돈이었고, 그걸 쥐고 문구점의 펜 코너를 서성이는 것이 학원에 가기 전 잠깐의 시간에 누릴 수 있던 행복한 여가였다.

하지만 돈은 한정되어 있고 쓰고 싶은 데는 많은 법. 집에서 걸어서 30분 정도 거리에 있는 학원을 다녔는데, 그 건물 앞의 파란 트럭에서 팔던 판떡볶이가 당시 제일 좋아하던 떡볶이였다. 문구점에서 한 시간가량을 서 있다가 다리가 아픈 줄도 모르고 학원을 향해 걸어가면 떡볶이 냄새가 골목에 솔솔 퍼졌다. 아, 저걸 먹어 말아. 저걸 먹으면 오늘은 걸어서 집에 가야 한다. 걷는 것을 그다지 싫어하지 않지만 귀찮은 마음과 떡볶이를 먹고 싶은 마음이 대결을 벌이면 늘 이기는 것은 후자였다. 보통은 500원짜리 컵 떡볶이, 약간 여유가 있을 때는 떡볶이 1,000원어치를 사 먹으며 순대와 튀김을 곁눈질하곤 했다.

길고 날씬하고 말랑한 밀떡에 아마도 물엿과 쌀엿이 진득하니 들어갔을 그 판떡볶이는 지금도 생각이 난다. 1,000원어치만 달라고 해도 넉넉히 담아주던 이모의 사람 좋은 웃음과, 동네 어느 떡볶이집도 따라올 수 없었던 탁월한 맛과, 못내 먹지 못한 사이드 메뉴에 대한 아쉬움이 뒤섞여 이곳의 떡볶이는 내게 다시는 닿을 수 없는 노스탤지어로 남아 있다. (그리고 그 학원에 대해서는, 배웠던 과목이 무엇이었는지조차 기억나지 않는다.)

노스탤지어는 또 있다. 여섯 살 때 처음 서울에

올라와 살던 동네는 서울답지 않게 작아 동네 맨 위부터 맨 아래까지 아이들이 서로를 속속들이 알고 지냈던 곳이다. 일주일에 한 번 이동도서관이 오고, 시내에 나가려면 버스를 타야 했던 곳. 이웃집 숟가락 개수를 진짜로 알던 곳. 그때 내가 알고 있던 가장 화려한 도심은 양재였다. 그리고 양재역 앞에 있던 떡볶이 포장마차를 잊으면 안 된다. 지금의 6번 출구로 나오면 좁은 인도의 길가를 따라 떡볶이 포차가 줄줄이 이어져 있었다. 그중 첫 번째 집이던가, 두 번째 집이던가. 오징어튀김이 맛있었던 그곳. 씹으면 바삭, 하고 씹히는 튀김옷에 고소한 기름이 번지고 나면 말랑하게 끊기던 오징어튀김. 그 떡볶이와 건너편의 KFC는 가끔 만날 수 있는 자비의 상징이었다. 엄마 손에 이끌려 영어 수업을 듣고 돌아오는 길이나 엄마가 볼일이 있어 함께 시내에 다녀오는 길이면 꼭 양재를 거치곤 했는데, 떡볶이 포장마차에서 떡볶이를 한 그릇 먹거나 KFC에서 딸기잼을 바른 비스킷을 먹곤 했다. 그 포장마차 떡볶이는 왜인지 그리워 다시 먹어보고 싶지만 이미 사라진 지 오래되어 이제 다시는 맛볼 수 없게 되었다.

지금도 맛볼 수 있는 추억의 떡볶이도 있다. 중학생 때 잠시 다닌 종합학원은 규모가 작아 한 반당 학생 수가 대여섯 명이었는데, 그래서 선생님과 학생들이 도란도란 친하게 지냈다. 하루는 수학 선생님이 본인이 학교 다닐 때 드나들던 떡볶이집이 맛있다며 다 같이 먹으러 가자고 제안했다. 선생님을 따라 쫄래쫄래 갔던 곳은 송파에 위치한 오래된 즉석 떡볶이집. 선생님은 신나게 학교 다닐 때 이야기를 해주었고(내용이 잘 기억나지는 않는다.) 우리는 신나게 즉석 떡볶이를 먹어치웠고(맛이 잘 기억나지는 않는다.) 다 먹고 난 후 필수라는 딸기빙수까지 알차게 먹고 나왔다(이 빙수의 맛은 똑똑히 기억난다.).

학원에서 팔던 떡볶이도 빼놓을 수 없다. 또 다른 종합학원에서는 작은 창고 같은 교실을 개조해 아마도 불법일 게 틀림없는 매점으로 활용했는데, 거기선 수업 시간 내내 웍에다 떡볶이를 끓이고 있었다. 간단한 빵이나 과자 같은 걸 사 먹을 수 있는 곳이었지만 빵에도 과자에도 흥미가 없었던 나는 늘 쉬는 시간에 떡볶이를 사 먹기만을 기다렸다. 쉴 새 없이 이어지는 공부 사이에 주어지는 아주 약간의

틈이었다. 보통은 500원짜리 삶은 달걀 하나를 시켰는데 그러면 종이컵에 삶은 달걀과 떡볶이 국물, 그리고 떡 두어 개를 넣어주었다. 약간 돈이 있는 날은 1,000원짜리 컵 떡볶이. 조그마한 이쑤시개로 삶은 달걀을 콕콕 찔러서 부숴 먹는 게 어찌나 맛있던지, 이 맛은 지금도 생생히 기억하고 있다. 빨간 가스 버너와 안경을 쓴 매점 아주머니의 얼굴까지도.

학원 이야기만 하면 섭섭하니 학교 이야기도 해야 한다. 중학생 때는 방과 후에 학교에 남아 논술 수업 같은 걸 했다. 학교 수업이 4시쯤 끝나니까 방과 후 수업까지 마치면 학생도 교사도 다 같이 출출해질 만한 시간인데, 마침 학교 정문 길 건너에 떡볶이 포장마차가 생긴 참이었다.[*] 선생님은 만 원짜리 몇 장을 쥐여주며 가서 떡볶이를 사 오라고 했고 우리는 신나게 길을 건너 떡볶이와 튀김, 순대를 한아름 사서 교실로 돌아오곤 했다.

지금 생각해보면 학생들도 학생들이지만 선생

---

[*]　이곳은 나중에 '튀김아저씨'라는 이름으로 근처 상가에 자리를 잡게 되었다.

님이 배가 고프셨던 게 아닐까 짐작하게 된다. 아, 직장인의 지치는 삶이여. 그리고 마찬가지로 이 논술 수업에서 뭘 배우고 썼는지는, 하나도 기억이 나지 않는다. 이것 참, 학원이고 학교고 실컷 가르쳐놨더니 떡볶이만 기억하는 어른이 되었구먼.

그러니까 어린 시절 떡볶이에 대한 추억은 대부분 학원이나 공부와 연결된 것이었다. 그 이유는 내 어린 시절이 사실상 학원과 공부로 이루어졌기 때문이다. 타의에 의해 학창 시절 내내 엉덩이에 의자가 붙은 것처럼 공부하던 청소년 김겨울은 성적을 위해 식단에까지 신경 쓰는 독한 인간이 될 수밖에 없었다. 위장이 튼튼한 편은 못 되었던 데다가 스트레스 때문에 위염이며 신경성 두통을 달고 살았던 탓이다. 본격적인 시험 공부를 시작하던 시험 2주 전부터는 떡볶이를 끊고 소화가 잘되는 한식 위주의 밥을 조금씩 먹으며 공부했다. 점심은 학교 급식이니 주는 대로 먹고, 저녁에도 엄마가 차려주는 밥에 몇 가지 밑반찬을 먹거나 학교에서 석식을 먹었다. 포인트는 너무 맵거나 자극적인 음식, 밀가루 음식은 최대한 줄이는 것. 그렇게 재미없는 밥을 먹으며 재미없는 공부를 하고 재미없는 시험을 쳤다. 그걸 서른한 번 반복했다니 믿을 수가 없네.

시험 기간이 끝나면 치르는 나만의 의식이 있었다. 시험 마지막 날에만 누릴 수 있는 사치였다. 친구들과 놀러 가는 경우도 있었지만 고등학생이 된 이후로는 그런 일도 줄어들었고, 보통은 며칠 전부터 벼르고 벼르던 계획을 실행에 옮겼다. 계획은 다음과 같다. ① 집 근처 만화방에 가서 만화책을 빌린다. ② 집 근처 떡볶이집에서 떡튀순*을 산다. ③ 집에서 만화책을 보며 떡튀순을 먹는다. ①은 종종 생략되기도 했지만 ②는 시험 마지막 날 루틴으로 고정되어 있었기 때문에 시험이 끝나는 날이면 떡볶이를 먹을 생각에 입맛을 다셨다.

학교가 끝나자마자 집에 와 가방을 집어 던지고 엄마에게 떡볶이 살 돈을 받아서 집 앞 시장에 간다. 시장 한중간에 있는 가래떡 떡볶이집을 갈까, 조금

---

* '떡튀순'이냐 '떡순튀'냐의 순서 논쟁이 있지만 나는 '떡튀순'이 더 입에 잘 붙는다고 감히 주장하고 싶다.

더 내려가서 있는 체인점 떡볶이집을 갈까, 조금 더 걸어야 하는 초등학교 앞 떡볶이집을 갈까, 고민하며 신나게 집을 나선다. 일단 만화방에 가서 보고 싶었던 만화책을 대여섯 권 빌리고, 떡볶이집에 가서 떡볶이와 튀김과 순대를 골고루 사서 집에 돌아온다. 오늘은 요즈음 꽂힌 체인점 판떡볶이다. 식탁에서 포장을 뜯어 먹을 만큼 덜고, 방에 들어와 떡볶이부터 한입 후루룩 먹은 뒤 만화책을 펼친다. 신나!

시험도 성적도 잠시 잊을 수 있었던 귀중한 하루를 그렇게 보냈다. 떡볶이는 말하자면 잠시간의 소박한 자유, 해방, 일탈, 그런 거였달까. 그러고 보면 떡볶이를 좋아하게 된 건 단순히 떡볶이의 매콤달콤한 맛 때문만은 아니었던 것 같다.

성인이 된 이후의 떡볶이에 대한 기억은 대부분 아르바이트에 관련된 것이다. 아르바이트를 하러 가다가 너무 배가 고파서, 너무 추워서, 너무 지쳐서 들어간 떡볶이집이 많았다. 이만큼 싸고 빠르고 맛있고 따뜻한 곳이 없었다. 한여름을 제외하면 언제 어떻게 들어가도 가장 좋은 선택이었다.

유튜브를 처음 시작했을 때도 나는 여전히 아르바이트를 하고 있었는데, 내가 일하던 광화문의 큰 빌딩 지하에 있는 카페는 직장인 러시로 늘 붐볐다. 아침에 출근해 같은 빌딩에 음료 서른 잔 배달을 가거나, 이 건물의 모든 직장인이 커피를 사러 오는 것만 같은 전쟁 같은 점심시간을 마무리하고 나면 넋이 반쯤 나갔다. 매일 두어 번 손을 데곤 하는 거대한 토스트 그릴을 닦고, 냉장고를 열어 재료를 전부 꺼낸 뒤 안쪽의 성에를 긁어내고 천장과 벽을 싹싹 닦은 뒤 도로 재료를 넣어놓고, 끈적한 시럽이 말라붙은 음료 제조대를 빡빡 닦고, 남자 화장실에 있는 대걸레를 빨아다가 가져와 바닥을 벅벅 닦고, 손님들이 빵 부스러기를 흘리고 간 테이블을 슥슥 훔치고, 돈통을 열어서 하루 동안 번 돈과 잔액을 맞추고 나면 그나마 남아 있던 넋도 마저 나갔다. 그러나 퇴근과 함께 기다리고 있는 건 다음 아르바이트.

커피와 시럽 냄새로 절여진 옷을 털고 세수를 한 뒤 퇴근 시간 버스를 타고 신촌으로 향했다. 다시 힘내서 다음 일을 할 시간. 힘내는 데에는 뭐다? 떡볶이다. 신촌에는 떡볶이 포차가 많았다. 역 근처에도 있고, 신촌 대로변을 따라 늘어선 군것질 포차들도 많았다. 아트레온 영화관 근처에는 누들 떡볶이를 주력 메뉴로 하는 분식집도 있었다. 버스에 서서 오늘은 어떤 떡볶이를 먹을까 고민하는 게 그날의 즐거움이었다. 아주 특별한 맛을 내는 곳은 없었지만 다 그런대로 지친 몸과 마음을 달래줄 만한 것이었으니까. 가장 즐겨 먹던 곳은 모 건물 2층에 있는 분식집이었는데, 떡볶이도 맛있었던 데다가 세트에 포함된 미니 김밥이 매력적이었다. 싱글 세트 하나를 시켜서 창가에 앉아 신촌 대로변을 바라보며 떡볶이를 우물우물하고 있으면 다시금 일을 할 힘이 솟아나곤 했다.

다시 힘내서 다음 일을 할 시간

떡볶이의 노스탤지어 2

시계를 약간 더 앞으로 돌려볼까. 내가 대학에 들어가자마자 우리 집은 이사를 했다. 그때 살던 집 근처의 역전에는 떡볶이 포차가 세 개 있었다. 역에서 가까운 순서대로 첫 번째, 두 번째, 세 번째라고 하면, 첫 번째 포차에 늘 가장 손님이 많았다. 얼마나 단골이 많았는지 심지어는 차로 30분 거리에 사는 엄마 친구분도 주기적으로 떡볶이를 사러 오곤 할 정도였다. 나를 비롯한 우리 가족들도 전부 첫 번째 포차의 단골이어서 역에서 내려 집에 가는 길에 습관적으로 떡볶이를 샀다. 물론 집에 있다가도 떡볶이가 먹고 싶으면 포차로 달려갔다. 인상이 든든한 할머니와 그의 아들이 함께 운영하는 그 포차는 영업 시간이 길기로도 유명했다. 점심시간에 가도, 저녁시간에 가도, 밤늦게 가도 열려 있었다. 정오가 되기 전에 주변을 지나면 부지런히 판을 닦으며 오픈 준비를 하고 있었고, 자정 즈음에 가면 남은 떡볶이를 서둘러 팔고 문 닫을 채비를 하고 있었다. 아저씨는 때로 새벽 1시까지 청소를 했다.

교환학생으로 외국에 나갈 돈을 모으기 위해 한 학기를 휴학하고 하루 종일 아르바이트를 하던 이십대 초반 즘음, 늦은 밤 지나는 그 포차는 거의 유일한 위로이자 낙이었다. 아침에 일어나 어학당 사무실에 출근해 온종일 전화 업무와 잡무를 하며 틈틈이 아르바이트로 받은 논문 번역을 하고, 6시에 퇴근하자마자 과외 업체로 이동해 저녁부터 밤까지 화상 과외를 하고, 집에 돌아와 새벽 2시까지 논문 번역을 하다가 다시 아침 출근을 하던 때였다. 주말에는 오프라인 과외를 여러 개 하고 시간이 되는 대로 학원 교재 제작 아르바이트나 학교 시험 문제 타이핑 아르바이트 같은 걸 했다.

　　하루에 주어진 체력을 남김없이 소진하고 방 침대에 누우면 이것저것 생각할 새도 없이 잠에 들었다. 최선을 다해서 쉬지 않으면 다음 날 버틸 수 없었으므로 정말로 최선을 다해서 잠을 잤다. 잘 수 있는 모든 시간에는 잠을 잤다. 밤, 아침 출근길, 중간 점심시간, 근무 후 과외 가는 길. 이렇게 일일이 쉬고도 밤이면 다 쥐어짜낸 걸레처럼 몸이 말라붙었다. 하루의 많은 시간 동안 나는 반쯤 혼이 나간 상태로 일했다.

그러다 화상 과외를 마치고 퇴근하던 밤, CCTV도 없는 으슥한 골목에서 일이 벌어졌다. 웬 남자가 달려들어 다짜고짜 나를 만졌다. 몸이 얼어붙었다. 이 일이 벌어지고 있다는 사실을 믿을 수가 없었다. 그 짧은 순간 동안 온갖 생각이 다 들었다. 돈 버는 것도 힘들어 죽겠는데 이런 일까지 당해야 하다니 세상이란 쉴 새 없이 거지 같은 곳이구나, 뭐 그런. 남자는 곧 도망쳤고, 가까스로 정신을 차리고 남자를 쫓아가보았지만 역부족이었다. 쓸 수 있는 모든 욕이란 욕을 다 써가며 소리쳤다. 이 개X 같은 놈아, 너는 열 번을 환생해도 고자로 살 것이다, 기타 등등 기타 등등.

얼굴이 새파랗게 질린 상태로 집에 돌아와 화상 과외 업체 대표에게 문자를 보냈다. 제가 이러저러한 일이 있어 앞으로는 출근을 못할 것 같습니다. 대표는 사색이 되어 마지막 타임에 끝나는 선생님들을 본인이 직접 운전해 데려다줄 테니 계속 나와 달라고 부탁했다. 진심으로 부탁하는 대표를 매몰차게 거절할 수 없어 알겠다고 했다. 어차피 돈도 계속 벌어야 했고.

그렇게 스쿨버스처럼 한차를 타고 퇴근하는 시스템이 시작된 지 2주 정도 되었을까, 그날도 10시쯤 수업이 끝나고 선생님(이라고 해봤자 내 또래의 아르바이트생)들이 속속 차에 탔다. 운전석에는 대표가, 조수석에는 대표의 아내가, 뒷자리에는 나를 포함한 세 명의 여자 선생님이 있었다. 이런저런 이야기를 나누다 내가 집에 들어가는 길에 떡볶이를 포장할 거라고 했다. 다들 지금까지 여는 떡볶이 포차가 있냐며 놀랐고, 나는 우리 집 근처의 그 첫 번째 포차 이야길 하며 맛을 자랑했다. 늦게까지 하니 좋다, 맛있겠다, 나도 떡볶이 먹고 싶다, 그런 흥성흥성한 분위기가 되자 대표는 다들 괜찮다면 다 같이 가서 떡볶이를 먹자고 말했다. 지금요? 정말요? 모두의 얼굴에 화색이 돌았다. 다섯 명을 태운 차는 신나게 역을 향해 달려갔다.

그렇게 근처에 차를 대고 포차에 도착했을 때는 밤 11시를 넘긴 시간. 슬슬 하루 장사를 정리하던 모자가 내 얼굴을 보고 반갑게 인사했다. 먹고 싶은 거다 시켜요, 뭐든지 시켜도 괜찮아요, 하는 대표의 말만큼이나 반가운 인사였다. 그렇단 말이지. 우리는 떡볶이와 튀김, 순대, 어묵을 골고루 다 시켰고, 시킨 것의 두 배쯤 되는 양을 받았다. 장사가 끝나가는 마당이라 남아 있던 음식을 싹 쓸어준 덕이었다. 산처럼 쌓인 떡볶이와 하루 종일 푹 끓은 어묵 국물이라니. 충족감으로 마음이 부풀었다.

다섯 명이서 거의 10인분을 해치우며 이런저런 이야기를 했다. 그때 그 회사를 통해 화상 과외를 듣던 학생들은 지방에 살며 학원에 다니거나 과외를 받기 어려운 처지에 있는 경우가 많았는데, 그래서인지 많은 학생들이 공부에 익숙해지는 것 자체를 힘들어했다. 아직 영어 알파벳을 읽을 줄 모르는 중학생이나 이차방정식을 어려워하는 고등학생에게 차근차근 내용을 설명해주고 지금부터 해도 괜찮다고 말해주는 게 우리가 해야 할 일이었다. 무엇보다 공부를 왜 해야 하는지 의욕을 가지지 못하는 학생들을 위해 격려의 말을 해야 했다.

하지만 하루 종일 아르바이트를 하는 처지에 기력은 늘 부족했고, 50분이라는 수업 시간은 턱없이 모자랐다. 50분간 수업을 하고 10분간 쉬며 연달아 네 타임을 소화해야 했으니 마지막 타임이 될 때쯤

엔 수업 내용을 반복해서 설명하는 것만으로도 지치기 일쑤였다. 산처럼 쌓인 떡볶이를 푹푹 찔러서 먹어가며, 내가 가르치고 있는 학생들에게 나는 어떤 선생님인지를 생각했다. 몸을 배배 꼬며 나를 옆으로 빗겨 보던 학생의 눈빛 같은 것들을.

그 학생들은 나를 어떻게 기억하고 있을까? 아마 기억하지 못하겠지. 내가 수학 선생님과 학원 친구들과 다 같이 먹었던 즉석 떡볶이의 맛을 기억하지 못하는 것처럼. 그 선생님의 얼굴조차 희미해진 것처럼. 하지만 내가 지금도 그때의 어떤 순간들을 문득 떠올리는 것처럼, 그들도 내가 최선을 다해 전했던 말 한두 마디라도 기억하고 있다면 영광스러울 것 같다. 그 애들과도 떡볶이를 같이 먹을 수 있었다면 좋았을 텐데. 오손도손 모여 사는 이야기하면서 어묵 국물도 떠다주고 그랬으면 좋았을 텐데. 지금은 어떻게 살고 있을까, 앞으로도 알 수는 없겠지만 그래도 조금 궁금하다.

그날 풍족한 떡볶이 회식을 하면서 회사에 짐짓 가졌던 조그마한 원망을 씻어냈다. 그건 골목에서 일어난 사건에 대한 것이었다. 그 미친 인간 말고는 탓할 게 뭐가 있겠는가? 그 인간을 이제 와 잡을 수도 없는 노릇인 것을. 내가 할 수 있는 것은 일단 뜨끈한 어묵 국물을 마시며 속을 달래는 것, 동료 선생님들과 아르바이트며 대학 생활의 고충을 털어놓는 것, 앞으로 뭘 하고 싶은지 이야기하는 것, 그래서 오래오래 맛있는 떡볶이를 먹으며 살 힘을 얻는 것뿐이었다. (물론 그 인간에 대한 원망과 저주를 취소한다는 뜻은 아니다.) 떡볶이 회식 후에도 나는 부지런히 출근해 아이들을 가르쳤다. 미국으로 떠나기 한 달 전까지, 최선을 다해서.

내 마음속에 저장

맛있는 떡볶이집은 끝이 없고 인생은 하릴없이 짧다. 가보고 싶은 떡볶이집이 너무 많은데 도저히 시간이 없어서 거기 근처에 사는 친구에게 먹어보라고 한 뒤 후기를 들으며 대리만족한 적도 있다. 인터넷에 떠도는 떡볶이 맛집 리스트는 길고 긴데 이 많은 곳을 언제 다 가본담? 하지만 아직 먹어봐야 할 떡볶이가 많다는 건 행복이다.

사실 떡볶이라는 음식이 다 비슷한 것 같지만 가게마다 특색이 저마다 다르고, 사람들의 취향도 제각각이라 떡볶이집을 추천하는 게 쉽지 않다. 그래도 어느 정도 맛있다는 공감대가 형성되어 있는 곳들을 직접 다니면서 입맛에 맞는 집을 찾아보았다. 이른바 떡볶이 성지순례. 엄청나게 유명하지만 여기 포함되지 않은 곳도 많은데, 내가 가본 적이 없거나 내 입맛에 맞지 않아서 그렇다. 지역은 서울로만 한정했고 순서는 가나다순이다. 베스트 리스트가 아니라, 김겨울이 맛과 위치를 고려하여 자주 가는 곳들이라는 점을 유의해주시길.

갈현동할머니떡볶이

내가 좋아하는 유형의 떡볶이 중 하나는 가게에 들어서는 순간 라면 수프 같은 냄새가 나는 곳의 떡볶이인데, 이 냄새는 진짜 라면 수프를 써서가 아니라 맵고 짠 감칠맛 재료들 때문에 나는 것이다. 라면 수프에 들어가는 것과 같은 마늘이라든지 대파 같은 향신채가 내는 맛. 이런 곳의 떡볶이는 기본적으로 달더라도 살짝 짭짤한 칼칼함이 뒤에 깔려 있어 좋아하는 편이다. ('짭짤칼칼파'라든지 '라면 수프파'라고 불러도 좋다.)

여기도 그런 곳 중의 하나로, 양념이 흔한 듯하면서도 흔하지 않다. 달달한 학교 앞 떡볶이가 기본 틀인데 후추 향이 나고 마냥 단 것만은 아닌 특유의 감칠맛이 있다. 길고 쫄깃한 밀떡을 국물과 함께 퍼먹고 추가한 삶은 달걀을 으깨서 먹으면 아주 훌륭하다. 왜인지 쉼 없이 들어가는 중독적인 맛.

꾸울떡

여긴 떡볶이집이라기보다는 튀김집이라고 소개해야 할 것 같다. '수제 튀김 전문점'을 표방하는 곳답게 튀김의 퀄리티가 정말 좋다. 게맛살, 새우, 메추리알 튀김 등 종류도 다양할뿐더러 기성 제품을 사용하지 않고 매장에서 직접 만드는 것이 티가 나는 곳. 김말이만 세 종류가 있는데, 기본 김말이를 한입 먹어보면 안에 든 당면의 쫄깃함에 깜짝 놀랄 것이다. 대표 튀김은 더블치즈 김말이. 김말이 안에 모차렐라 치즈가 들어 있어 부드럽고 녹진하다. 고추깻잎 김말이의 깔끔함도 추천할 만하다. 튀김이 기본적으로 바삭바삭한 것은 물론이고 맛있는 튀김에서만 느껴지는 기름의 고소함이 진하다. 순대튀김이나 떡꼬치 같은, 양념을 바르는 튀김 메뉴조차도 바삭함을 유지한다. 기본 떡볶이는 긴 밀떡을 사용하는 옛날 떡볶이로, 진하고 빨간 양념에서는 튀지 않는 산미가 살짝 느껴진다. 강렬한 '달달칼칼파'라서 튀김을 찍어 먹으면 궁합이 좋다. 애주가라면 맥주가 절로 생각날 곳.

나누미떡볶이

분명히 정확한 상호는 '나누미떡볶이'인데 왜인지 항상 '에이치오티 떡볶이'나 '핫 떡볶이'로 부르게 되는 곳. 옛날 옛적에 H.O.T가 방문한 곳으로 유명해져서 그렇다나…. 가래떡을 자른 듯한 떡을 쓰는데 아주 부드럽고 쫄깃하다. 애초부터 사다리꼴로 생산된 쌀떡이 아니라 긴 가래떡을 자른 형태의 떡이라서 이 정도의 부드러움이 나오는 듯하다. 달달하고 진한 농도의 고추장 베이스 양념은 판떡볶이의 전형적인 그것. 맵지 않고 밸런스가 좋아서 계속 들어간다.

그리고 빼놓아선 안 될 메뉴가 어묵. 시원한 국물과 실한 어묵을 달달한 떡볶이와 번갈아가며 먹으면 충만한 한 끼가 된다.

만나분식 (강남구)

전국구로 맛있는 집은 아니지만 동네 사람들에게는 둘도 없는 추억의 분식집. 나 역시 어릴 때 워낙 많이 먹었던 곳이라 추억 보정 효과로 더 맛있게 느끼는 것 같기도 하다. 세트 메뉴를 시키면 저렴한 가격에 비해 믿을 수 없을 정도로 많은 양을 주는데, 어릴 때 학원 가기 전에 잠깐 틈나면 이곳에서 배가 터질 때까지 떡볶이를 먹곤 했다. 이곳의 떡볶이는 단순히 달고 맵기만 한 게 아니라 약간 다른 뉘앙스의 해산물 감칠맛이 있어 단맛을 보충해주는데, 적당히 큼지막하고 기다란 밀떡의 향과 어우러지는 밸런스가 좋다.

잊지 말아야 할 포인트 메뉴는 떡튀김. 떡꼬치와는 다르게 떡을 한가득 튀겨서 접시에 담은 후 떡꼬치 소스를 위에 뿌려준다. 전반적으로 양이 많은 편이라 떡볶이와 떡튀김을 모두 먹기엔 부담스럽지만 그래도 포기하기에는 아쉬운 맛. 배부르게 먹은 다음에 뻥튀기에 올려주는 아이스크림을 먹으면 훌륭하고 신나는 마무리가 된다.

맛있는집

여길 한번 먹겠다고 대체 몇 번이나 방문했던가…. 사장님의 컨디션에 따라 일찍 닫거나 열지 않는 날도 있어 몇 번의 실패 후에야 성공할 수 있었던 유명한 떡볶이집. 이곳의 떡볶이는 '달달구수칼칼' 정도로 요약할 수 있을 것 같다. 쌀엿을 넣어서인지 다른 비법이 있는 것인지 구수함이 꽤 강조된 편. 상당히 맵기도 한데 처음부터 매운 게 아니라 먹으면서 점점 쌓이는 매운맛이라 정신 놓고 먹다 보면 어느 순간 손부채질을 하는 자신을 발견할 수 있다.

방문하는 타이밍에 따라 아직 다 졸지 않은 떡볶이부터 다 졸아든 떡볶이까지 랜덤으로 먹게 된다는 점에 유의. 아주 말랑한 밀떡을 사용하는데 졸아든 상태에서는 떡의 전분이 섞여 소스가 상당히 걸쭉하다. 메뉴는 떡볶이와 삶은 달걀 두 가지뿐인데, 떡볶이 소스와 삶은 달걀의 궁합이 정말 좋다. 양을 산더미같이 담아주는 곳이라 가기 전에는 무조건 배를 비워두어야 한다. 평범한 듯 찾기 힘든, 돌아서면 생각나는 맛.

조폭떡볶이

내가 생각하는 가장 맛있는 길거리 떡볶이의 맛을 정확히 구현한 곳. 떡볶이를 먹으러 홍대에 갈 일은 잘 없다 보니 자주 먹게 되지는 않지만 그 달달하고 쫄깃한 맛은 잊을 만하면 자꾸만 떠오른다. 정통 판떡볶이의 맛을 표방하는 집답게 삶은 달걀이 정말 잘 어울린다. 어묵도 순대도 튀김도 모두 무난한 편이고, 의외로 김밥이 꽤 맛있다.

여담이지만 원래 줄줄이 서 있는 튀김 담당, 순대 담당, 떡볶이 담당 직원들을 차례로 지나치면서 빠르게 주문하는 게 나름의 스릴(?)이었는데 최근에는 키오스크가 생겼다.

철길떡볶이

50년 역사를 자랑하는 서대문의 터줏대감 같은 떡볶이집. 오래된 문을 열고 들어가면 허름하면서도 편안한 분위기가 손님을 맞아준다. 이름에 걸맞

게 철길 바로 앞에 있어 떡볶이를 먹으면서 철도가 지나가는 것을 볼 수 있다. 이곳의 떡볶이는 앞서 소개한 만나분식과 비슷한 결의 떡볶이로, 해산물 감칠맛에 고춧가루의 산미가 약간 느껴지면서 맵지 않고 달달한 스타일이다. 만나분식보다 약간 더 달아서 단맛을 좋아하지 않는다면 식기 전에 먹는 게 좋겠다. 양념이 잘 밴 말랑말랑하고 긴 밀떡이 어렵지 않게 씹혀 어린 시절 학교 앞에서 먹던 추억을 불러일으키는 맛.

어묵은 조금 싱거운 감이 있지만 순대도 쫄깃하고 튀김도 고소하다. 요새는 만나보기 힘들다는 못난이 튀김이 이곳의 특징적인 메뉴 중 하나인데, 나의 튀김 원픽은 그래도 당면만두*. 이로 잘 잘리지 않으면서 씹을 때마다 꼬소한 맛이 올라오는 정통 야끼만두는 떡볶이 소스와 최고의 궁합을 자랑한다. 삶은 달걀과도 찰떡같이 어울리는 양념이다.

* 국립국어원에서는 야끼만두의 순화어로 군만두를 권하던데 야끼만두와 군만두는 엄연히 다른 음식인 것은 독자 여러분도 잘 아시리라 믿는다. 차라리 가까워 보이는 당면만두를 선택했다.

현선이네

왜인지 술이 생각나는 곳. 원래 용산역 앞의 노상 포차에 있다가 건물 안 매장으로 이사를 갔다. 신용산역 쪽에 음악 작업실이 있을 때 현선이네의 이사를 따라다니면서 떡볶이를 먹었다. 매운맛과 순한 맛 중에 선택이 가능했는데 처음에 멋모르고 매운맛을 먹었다가 졸도할 뻔했다. 천천히 쌓이는 매운맛이 아니라 먹자마자 두 입 안에 바로 타격이 오는 스타일의 매운맛으로, 단무지 없이 먹기에는 무리다. 그런데도 중독성이 있어 이상하게 손을 놓을 수가 없는 매운맛. 달달하면서도 칼칼한 맛이 살아 있어서 술과 잘 어울린다. 곁들이는 튀김과 김밥도 괜찮은 편.

애초에 포차였던 곳이라 가볍게 맥주와 함께할 만한데, 마셔본 적은 없지만 이 정도의 매운맛이라면 소주와 함께 먹어도 잘 어울릴 듯하다. 물론 속은 다 버리겠지만….

● 좋아하는 밀키트 : 끝짱 떡볶이, 솜씨로운 떡볶이, 호랭이 떡볶이, 사과 떡볶이, 오천 떡볶이, 1번가 떡볶이. 1번가 떡볶이를 빼고는 모두 말랑 쫄깃한 밀떡이 있고, 달달한 떡볶이이긴 해도 짭짤한 간이 약간 받쳐준다는 특징이 있다.

쌀떡이냐 밀떡이냐 그것이 문제로다

우리가 어떤 민족입니까? 잘 먹는 민족입니다. 밥 먹었냐는 말이 안부 인사와 위로와 협박 등등을 대신하는 나라에서 음식에 대한 논쟁은 정치 문제에 대한 논쟁만큼이나 격렬하다. 허구한 날 부먹과 찍먹*, 민초와 반민초**로 싸우는 이 논쟁에 떡볶이 역시 빠질 수 없는 법. 앞의 떡볶이 맛집 리스트를 보고 할 말이 많아진 사람들도 있을 법하다. 아, 여기 별로인데, 아, 거기가 맛있는데 없네, 기타 등등 기타 등등.

떡볶이를 두고 토론을 벌일 주제는 많고 많지만 일단 가장 먼저 떠오르는 건 쌀떡이냐 밀떡이냐 하는 문제다. 뭐 솔직히 말하면 나는 어떤 논쟁이든 '처먹'***을 담당하고 있기 때문에 크게 개의치 않고 밀떡과 쌀떡 모두 좋아하지만 그래도 마음이 좀 더 가는 건 밀떡 쪽이다. 말랑말랑하고 양념이 속까지

---

* 탕수육 소스를 부어 먹는지 찍어 먹는지에 대한 논쟁.
** 민트초코를 좋아하는지 싫어하는지에 대한 논쟁.
*** 부어 먹든 찍어 먹든 상관없고 일단 맛있으면 먹고 본다는 입장. 하지만 민트초코의 경우 민트는 괜찮은데 초코를 별로 안 좋아해서 그다지 흥미는 없다.

깊이 배는 고소하고 달달한 맛. 특히 당일 생산된 판 밀떡의 식감과 풍미는 압도적이다. 식어도 딱딱해지지 않는 밀떡이 있다는 것을 처음 알았을 때 생각했다. 세상이 생각보다 정의롭구나!

사실 쌀떡이냐 밀떡이냐 하는 문제보다 나에게 중요한 것은 떡의 모양이다. 기본적으로 가늘고 긴 떡을 좋아한다. 굵은 밀떡보다는 차라리 가느다란 쌀떡이 낫다. 양념이 배는 정도나 씹을 때의 편의성이나 가장 취향에 맞는다. 어릴 때부터 치아 교정 때문에 딱딱한 음식이나 오래 씹어야 하는 음식을 부담스러워하기도 했고, 음식을 입에 가득 차게 넣는 것보다 조금씩 잘라서 먹는 걸 선호하기 때문이기도 하다.

그래서 가래떡 떡볶이를 사면 일단 남들처럼 와앙 크게 한입을 먹고, 그 기분을 다 느낀 다음부터는 조금씩 작게 베어서 먹는다. 심지어 가장 보편적으로 많이 팔리는 형태의 떡볶이 떡조차도 처음 몇 입만 통째로 입에 넣고, 그 후로는 떡 한 개를 두 번이나 세 번 정도에 나눠 먹는다. (입안 꽉 차게 먹는 걸 좋아하는 사람들의 뒷목 잡는 소리가 들리는 듯하다.) 그래서 떡국떡의 경우 쌀떡이지만 잘 씹히는 납작한 형태라서 좋아한다.

좀 재밌다고 생각하는 떡은 자르지 않은 상태의 긴 떡이다. 이런 떡을 사용하는 한 체인의 영향인지 요새는 밀키트를 홍보하는 영상에서도 기다랗고 말랑한 떡을 스테인리스 집게로 들어서 보여주는 구도를 많이 연출하는데, 정작 밀키트를 살펴보면 잘린 판밀떡일 때도 많다. 하지만 자르지 않은 기다란 떡을 직접 베어서 먹는 재미는 판밀떡을 하나씩 입에 넣을 때와는 완전히 다른걸. 전골냄비나 배달 용기의 가장자리를 따라 둘둘 말린 떡을 끊지 않고 옴뇸뇸 먹다 보면 세상의 모든 잘난 음식을 혼자 다 먹고 있는 것 같은 요상한 충족감이 들기도 한다. 그만큼 배가 금방 부르다는 게 좀 아쉽긴 하지만.

대표적인 K-음식인 떡볶이 이야기를 하는 도중에 뜬금없을지도 모르지만 하루는 너무 궁금해서 키리모치로 떡볶이를 해본 적도 있다. 일본의 찹쌀떡인 키리모치는 상온 상태에서는 딱딱한 지우개에 가깝지만, 전자레인지에 돌리거나 불에 구우면 흐물흐

물해지면서 우리가 잘 알고 있는 찹쌀떡의 상태가 된다. 애니메이션 〈짱구〉에 나오기도 했고 길게 늘려 먹는 재미도 있어 많은 유튜버들이 먹방 소재로 삼았는데, 문득 이걸로 떡볶이를 만들면 어떨까 싶어진 것이다.

키리모치를 가장 맛있게 먹는 방법은 불에 직접 굽거나 팬에 올려 굽는 것이지만 그래서야 떡볶이를 만들 수 없으니 몇 개는 떡볶이에 직접 넣어 끓이고 몇 개는 전자레인지에 돌린 후에 넣어보았다. 전자는 익히는 데에 시간이 걸리다 보니 속까지 다 익지 않아(혹은 타이밍을 잘못 잡으면 너무 푹 익어서) 후자로 만드는 쪽이 훨씬 나았다. 느낌은 팥죽에 들어가는 새알심을 다섯 배 정도 크기로 늘려서 떡볶이 소스와 함께 먹는 느낌. 떡이 녹아서 소스와 섞이기도 하고, 또 늘려 먹다 보니 주변이 좀 지저분해지기도 했지만 나름대로 재미있었다. 묽은 국물 떡볶이보다는 점성이 있는 소스와 잘 어울린다.

제일 기피하는 떡은 작고 네모난 쌀떡이다. 고백하자면 이 모양의 떡으로 만드는 떡볶이는 거의 손도 대지 않는다. 대학로에 위치한 모 떡볶이와 성남의 모 떡볶이 정도가 예외일까. 길을 걷다가 떡볶이 포차가 보이면 슬쩍 판을 들여다보는데, 이런 작은 쌀떡으로 떡볶이를 하고 있으면 그냥 그대로 걸어서 지나가버리곤 한다. 나의 한 끼 떡볶이는 소중하니까요. 차라리 거대한 가래떡 떡볶이면 조금씩 베어 물면 되는데, 이건 그러기도 좀 민망하고. 이로 자르기에도 불편하고. 보통은 부드러운 떡이 아니라서 턱이 아프도록 씹어야 한다는 점이 가장 결정적인 마이너스 요소다. 그렇게 놓쳐버린 떡볶이 맛집이 많을지도 모르지만, 어차피 세상에 맛있는 떡볶이는 많으니까 괜찮다.

기본 떡볶이, 그러니까 빨간 떡볶이는 요즘 크게 세 개의 파로 나뉘는 것 같다. 후추가 많이 들어가고 단맛이 강조되어 있는 '후추파', 해물 향 조미료와 고춧가루, 후추가 골고루 많이 들어가고 맵기가 아주 강한 '감칠맛매운파', 그리고 학교 앞에서 많이 파는 달달하고 부드러운 맛의 '달달파'. 전형적으로 이 셋에 속하는 경우도 있지만 물론 그 사이의 어딘가에서 맛을 잡는 경우도 있다. 약간 예외적으로 닭강정 소스에 가까운 맛이 나는 '닭강정파'도 있다. 나는 보통 감칠맛매운파와 달달파를 돌아가면서 먹는 스타일의 떡볶이 사랑인이다. 후추를 무척 좋아하지만 후추파는 단맛이 너무 강조된 경우가 많아서 별로 좋아하지 않는데, 가끔 후추파이면서도 많이 달지 않은 떡볶이를 만나면 어찌나 반가운지 모른다.

단맛을 그다지 좋아하지는 않는 와중에도 시중에 파는 떡볶이는 웬만하면 다 잘 먹는데, 믿을 수 없게도 한동안 떡볶이계를 휩쓸었던 프랜차이즈 중한 곳의 떡볶이는 먹자마자 너무 달아서 그대로 뱉었다. 아니 다들 이걸 어떻게 맛있게 먹는 거지? 하루는 너무 배가 고파서 다른 지점은 괜찮을까 싶어 시도해보았다가 결국 반의반도 못 먹고 거의 다 남기고 나왔다. 주변에 있는 편의점도 닫았고 다른 식당도 없어서 그냥 굶었던 그날의 기억. 이게 어떻게 전국에 체인점이 생길 만큼 사랑받게 된 것일까…. 내 입맛에 문제가 있는 것일까….

지금은 전성기를 지난 체인이지만 한창 전성기

에는 떡볶이를 먹자고 하는 아르바이트생 동료들에게 그 체인만은 절대 안 된다고 두 손 모아 간청하곤 했다. 지금도 여전히 도대체 왜 그 체인이 인기가 좋았던 것인지 이해할 수가 없다. 그 체인을 빼놓고는 입에 넣었다 뱉은 떡볶이는 살면서 없다. 세상에 나쁜 개는 없다지만 세상에 나쁜 떡볶이는… 가끔 있는 것 같다. 물론 개인적인 취향 한정.

대(大) 로제 떡볶이의 시대라지만 솔직히 나는 여전히 기본 떡볶이를 좋아한다. 로제 떡볶이는 맛이 없는 건 아니지만, 왠지 떡볶이를 먹다 만 느낌이라고 해야 할지. 맵고 칼칼한 떡볶이를 선호해서인지 로제 떡볶이는 떡볶이를 향해 열심히 산을 오르다 크림의 삼천포로 빠져버린 느낌이 들고 마는 것이다. 하도 유행이길래 친구들과 있을 때 두어 번 시켜 먹어봤지만 그 뒤로 로제 떡볶이를 다시 찾는 일은 없었다. 그러니까 맛이 있는데, 분명히 맛이 있는데, 떡볶이를 먹고 싶을 때 다시 생각이 나지는 않았다. (로제 떡볶이의 열렬한 팬분들을 존중합니다.)

그렇다고 해서 맵고 칼칼한 마라 떡볶이가 다른

가 하면 그렇지도 않은데, 여전히 떡볶이를 먹었다는 느낌이 들지 않기로는 마찬가지다. 차라리 마샹궈를 먹었다는 느낌에 가깝달까. 그러니 내가 원하는 '떡볶이의 맛'이란 아마도 고춧가루와 간장, 설탕, 고추장이 만난 양념의 맛인 게 틀림없다. '매콤한 짜장 맛이 당긴다!' '얼얼한 마라의 감칠맛을 원한다!'라는 정확한 목표가 있을 때 짜장 떡볶이나 마라 떡볶이를 찾지, 그냥 '떡볶이가 먹고 싶다'일 때 다른 맛 떡볶이를 찾지는 않게 된다는 말이다.

그래서 짜장 떡볶이나 크림 떡볶이같이 유행하는 메뉴들도 결국은 잘 먹지 않게 된다. 이건 이 메뉴들의 잘못이라기보다는 우리가 익숙한 것을 습관적으로 선택하는 동물이기 때문일 것이다. 쥐들도 제일 선호하는 먹이를 끼니 전체의 절반 정도로 먹는다고 하고, 중국집에서 시키는 음식 비율조차도 짜장면이 50%, 짬뽕이 23%, 볶음밥이 12% 정도라고 하니[•] 먹던 떡볶이를 계속 먹는 것은 그냥 먹던 대로 먹는 인간의 습성에 학습된 맛에 대한 선호가

•   정재승, 『열두 발자국』, 어크로스, 2018

합쳐진 결과물이다. 심지어 쥐들은 제일 선호하는 먹이를 연속해서 먹는다고 하니 앞으로도 계속 빨간 떡볶이를 먹게 될 나의 미래까지도 엿볼 수 있는 셈이다. (빨간 떡볶이가 제일 좋다는 걸 변호하기 위해 난데없이 인용된 쥐들에게 민망한 감사를 표한다.)

로제 떡볶이에 대한 선호도 아마 다른 많은 맛들처럼 학습의 결과일 것이다. 지금 로제 떡볶이를 먹으며 자라나는 사람들은 서른이 되어도 마흔이 되어도 로제 떡볶이를 추억의 맛으로 기억하겠지? 나로서는 상상하기 어렵지만, 그들은 로제 떡볶이를 떡볶이의 원형으로 기억하게 될지도 모른다.

전골처럼 끓여 먹는 즉석 떡볶이를 제일 사랑하는 사람도 있을 것이다. 넓적하고 우묵하고 커다란 팬에 떡, 라면사리, 양배추, 양념 등등을 보글보글… 끓이며 하염없이 올라오는 김과 아직 멀건 떡을 바라보는 사람들…. 양념이 배기 전에 말랑하게 익은 떡을 국물과 함께 떠서 먹으면 입천장이 다 까지도록 뜨거운 맛…. 불기 전에 얼른 라면사리를 떠 가는 분주한 손들…. 즉석 떡볶이의 가장 즐거운 지점은 사람들과 함께하는 그 시간에 있다. 혼자 먹으면 영그 맛이 안 나는 것이, 즉석 떡볶이와 두 명 이상의 모임은 분리될 수 없는 하나의 세트라고 해야 할까. 즉석 떡볶이의 맛이란 곧 '동행인들과 공유한 그날의 떡볶이 맛'을 뜻하는 것 같다.

성인이 된 후에야 그 유명한 신당동엘 처음 갔다. 아주 친하지는 않았던 학교 선배 두 명이랑 같이 가게 됐는데, 어릴 때부터 하도 신당동 신당동 해서 무척 궁금했지만 막상 가서는 기대했던 만큼 맛있다고 느끼진 않았다. 그냥 전골 떡볶이 같은 거구나. 짜장 맛이 조금 나네. 별 감흥 없이 먹으면서 특별하지 않은 이야기를 나눴다. 하하, 네, 선배님 그러네요, 하하하. 그날이 자세히 기억나지는 않는 걸 보니 정말 어색했던 모양이다. 친한 사람과 갔다면 조금 달랐을까? 그렇게 신당동 즉석 떡볶이는 맛도 경험도 그저 그런 기억으로 남아 있다.

하지만 이후에 혁명적으로 등장한 무한 리필 떡볶이 프랜차이즈 덕분에 즉석 떡볶이는 또 새로운 국면을 맞이하게 되는데, 떡볶이를 푸지게 끓여 먹고 튀김과 어묵과 라면사리를 신나게 먹은 뒤 볶음

밥까지 알차게 볶아 먹는 곳을 거부하기란 어려운 법. 친구들과 거길 참 많이도 갔다. 딱 하나 아쉬운 점이 있다면 혼자 가기 어렵다는 것인데(가본 사람도 있을까?), 당연하게도 그게 즉석 떡볶이의 특출한 매력이니까 어쩔 수 없는 일이다.

정통파이긴 한데 정통파치고는 취급하는 곳이 적은 정통파 떡볶이도 있다. 고춧가루와 기름에 볶는 기름 떡볶이다. 일제강점기에 처음 등장했다고 알려진 기름 떡볶이는 말 그대로 떡을 볶는, 정통 떡'볶이'임에도 판떡볶이에 비해 그리 많은 점포가 있는 것 같지는 않다.

서울에서 가장 유명한 기름 떡볶이집 두 곳은 서울의 한 시장에 나란히 위치해 있다. 두 점포 모두 자신이 원조라고 주장하는데, 사람들 말로는 진짜 원조는 예전에 사라졌고 지금의 점포들은 그 후예들이라는 모양. 어쨌든 두 곳이 유명하니 두 곳 모두 가보는 게 떡볶이 사랑인으로서의 태도이겠다. 두 곳 모두 미리 양념에 떡을 재워두고 주문을 받으면 기름에 볶는 형식은 같지만, 모습도 맛도 꽤 다르다.

한 곳은 떡과 기름, 고춧가루 맛이 각각 강한데 전체적인 간은 약해 오랫동안 씹어야 간이 느껴지는 반면, 다른 한 곳은 마늘 향이 도는 양념이 튀지 않게 잘 어우러져 있고 간도 짭짤하게 잡혀 있다. 양념이 기름에 눌어 바삭해진 느낌도 후자 쪽이 더 강하다.

그래서인지 두 곳 모두 꽤 칼칼하니 매운맛인데 후자 쪽에 더 손이 많이 간다. 떡의 질감도 전자는 좀 더 딱딱한 반면 후자는 식어도 말랑한 식감 때문에 양념과 떡이 한꺼번에 입에 착 감긴다. 후자 쪽에 기다리는 줄이 더 긴 것이 이해가 되는 대목. 내가 갈 때만 그랬던 것인지 늘 그런 것인지는 몰라도 맞이해주시는 분들의 친절함에도 차이가 있어서 한 곳만 계속 가게 됐다. 제일 마음에 드는 건 달지 않은 떡볶이라는 것. 신념의 짭짤칼칼파로서 마음에 쏙 드는 간의 떡볶이라고 할 수밖에 없겠다.

집에서 먹어볼 수 있는 기름 떡볶이 밀키트도 여럿 있다. 내가 인터넷으로 구매한 한 기름 떡볶이 키트는 '추억의 바로 그 맛'에 충실하다는 점을 홍보 문구로 내세우고 있다. 학교 앞 추억으로 기름 떡볶이를 먹어본 경험은 없지만 어쨌든 대충 원조 기름 떡볶이의 맛이라는 뜻인 모양이다. 떡볶이 밀키트답게 해동시켜서 떡과 소스를 볶는 단순한 조리 과정만 거치면 된다. 웍에 기름을 둘러 떡의 표면이 하얗게 튀겨지도록 3분 정도 볶고, 동봉된 소스를 넣어 골고루 잘 볶아주면 완성.

고춧가루와 설탕이 들어간 소스가 기름에 눌면서 약간 바작해지는데, 떡의 바삭한 표면을 씹으면 탄 듯한 풍미가 고소한 기름 향과 함께 퍼진다. 쫄깃한 떡 안쪽을 씹는 동안 달달한 소스와 담백한 떡이 어우러지는 맛이 별미로 먹을 법하다. 음, 특별한 맛은 아니지만 그런대로 재미있는 맛. 짠 뉘앙스가 있었으면 취향에 맞았을 텐데, 달고 고소하기만 해서 아쉬웠다. 역시 직접 가서 사 먹는 게 최고구먼.

또 인터넷으로 사본 다른 기름 떡볶이 키트는 사실상 기름 떡볶이라기보다는 닭강정에 들어간 떡을 따로 만들어 먹는 떡강정에 가까운 맛이었다. 마찬가지로 떡을 먼저 볶은 다음 팬에 소스를 붓는데, 아니 이런, 기름 떡볶이 향이 아니라 양념 치킨에 쓰이는 양념 향이 났다. 제품의 상세정보를 자세히 읽지 않고 산 것이 실수였다. 당연히 기름 떡볶이는 고춧가루 양념을 볶는 떡볶이인 줄 알았는데…. 시무룩한 얼굴로 마저 볶아서 먹었는데 양념 소스가 맛이 없을 리는 없으니까 일단 맛있게는 먹었다. 하지만 역시 짭짤칼칼파에게는 너무 달달한 소스였고 금방 질린 나는 완성된 떡볶이를 절반도 못 먹고 수저를 놨다. 다음에는 사 먹지 말아야지, 다짐하며.

이왕 정통파를 찾아가는 거 어디 한번 간장 떡볶이까지 가보면 좋겠지만, 간장 떡볶이(와 잡채와 불고기 등 비슷한 뉘앙스의 양념을 사용한 음식)를 그다지 좋아하지 않는 취향이라 여기서 특별히 할 말은 없다. 간장 기름 떡볶이는 고소하니 그런대로 별미였지만 역시 다시 사 먹고 싶은 생각은 없다. 떡볶이란 자고로 맵지는 않더라도 빨간색이어야 하는 것 아닌가 말이다. (자꾸만 고개를 드는 내 안의 떡볶이 홍선대원군.)

사실 정통파를 따지기 시작하면 별로 의미 없는 일이라는 생각이 든다. 근본을 따질 거면 고조선 시대에 먹던 음식을 갖고 오라 이 말이야. 어디 있는 무엇이 정통파인지가 뭐 그렇게 중요한가. 어떤 소스의 어떤 떡볶이든 떡볶이가 계속 사랑받고 있다는 사실이 중요한 것이지. 양영희 감독의 다큐멘터리 영화 〈굿바이, 평양〉에는 감독의 조카인 선화가 떡볶이를 먹고 싶다고 말하는 장면이 있다. 북한의 떡볶이는 또 우리의 정통 떡볶이와는 한없이 달라져 있을까? 뭐가 됐든, 자기만의 기준에 부합하는 맛을 찾을 수 있으면 그만이다. 떡볶이는 어떻게 만들어도 각자의 방식으로 맛있게 마련이니까.

세상에 나쁜 떡볶이는 없다

…라고는 하지만 세상에는 객관적으로 맛없는 떡볶이도 있긴 있다. 어떤 음식이든 맛이 없는 버전은 있게 마련이니 호들갑 떨 일은 아니다. 특히 양념의 정량이 정해져 있지 않고 계속 새롭게 만들어야 하는 판떡볶이는, 타이밍이든 주인분의 컨디션이든 잘못 걸리는 경우가 드물지만 있다. 뭐 그래도 가격이 비싸지 않고 기대치가 높지 않으니 그럭저럭 먹고 나오면 그만이라, 입지만 좋으면 개선 없이 계속 장사를 하는 일도 있는 것 같다. 하지만 모처럼 두근대는 마음으로 떡볶이를 먹으러 갔는데 맛이 없으면 서운한 것이 인지상정. 마음속으로 여기는 다신 안 와야지 생각하지만 평균적인 맛만 낸다면 굳이 다른 사람에게까지 가지 말라고 하지는 않는다.

…라고는 하지만 역시 남에게 소문 내고 싶은 맛없는 떡볶이도 있는 모양이다. 내가 떡볶이에 관한 에세이를 쓴다는 소식을 들은 모 PD님이 자신이 아는 가장 맛없는 곳을 소개해주었다. 이곳으로 말할 것 같으면 모 대학가에 위치한 주점으로, 짜장 떡볶이가 정말 맛이 없는데 희한하게도 테이블마다 짜장 떡볶이를 먹는 도무지 이해할 수 없는 일이 벌어

지는 곳이라고 했다. 어차피 주점이니 맛이 없으면 다른 안주를 먹으면 그만인데 요상하게도 다들 짜장 떡볶이를 먹고 있으니 이게 술기운인지 마법인지 알 수가 없더라는 것이다. 심지어 이 말을 해준 PD님조차도 1차를 끝내고 적당히 취한 상태로 이곳에 가면 본능처럼 짜장 떡볶이를 시키게 된다고 하니 하늘이 곡할 노릇이지 않느냐는 말이다.

정체를 알 수 없는 이 짜장 떡볶이의 정체를 밝히기 위해 '맛없는 짜장 떡볶이 탐방단'을 꾸려 조사에 나섰다. 스쿼드는 나를 포함해 총 네 명. 이게 대체 무슨 소리인지 모르겠는데 우리는 가기 전부터 맛없는 떡볶이를 먹을 생각에 잔뜩 들떠 있었다. 우리의 전략은 철저했다. 짜장 떡볶이만 시키면 이상할 테니 다른 메인 안주를 더 시켜서 배는 그걸로 채우고 떡볶이는 맛만 보자는 것. 한 가지 실수가 있었다면 일정상 내가 술을 마실 수 없는 상황이었다는 것이다. 넷 중에 둘은 원래 술을 안 마시고 내가 술을 마실 수 없는 상황이라 주점에 가는 마당에 네 명 중 한 명만 술을 마시게 된 것이 아쉬웠다. 사장님 입장에서는 여기서부터 조금 수상했겠지만 진짜 수

상한 건 그다음이다. 짜장 떡볶이를 비롯한 배부른 안주만 세 개를 시켜놓고 생맥주는 달랑 한 잔을 시킨 이놈들이 떡볶이를 한입 먹더니 자기들끼리 작은 목소리로 수군수군하는 것이다.

원래 방침은 그 자리에서 우리의 목적을 들키지 않기 위해 짜장 떡볶이에 대해 이러쿵저러쿵 말하지 않는 것이었다. 그런데 각자 한입 먹은 순간 방침은 박살 났다. 우리는 웃었다. 떡볶이를 입에 넣고. 재빠른 눈빛 교환이 이어졌다. "ㅎㅎㅎㅎㅎㅎㅎㅎㅎㅎ"라고 표현할 수밖에 없는 몇 초의 시간이 지나고 우리는 진지한 토론을 시작했다. 이 떡볶이의 가장 희한한 점은 처음 입에 넣었을 때와 한참 씹는 동안과 삼키기 직전의 맛이 전부 다르다는 점이었다. 처음 입에 넣었을 때는 달달한 맛과 약간의 짜장 수프 맛이 올라와서 '생각보다 괜찮은데?'라고 느꼈다는 것이 모두의 공통된 의견이었다. 사실 그 와중에도 바로 달달한 맛이 치고 들어오는 게 아니라 요상한 고소함이 먼저 지나간 뒤에 달달함이 느껴지는 참으로 희한한 달달함이었지만 그것까지 따질 때가 아니었다. 어쨌든 거기까지는 이름값을 한 셈이다. 그마

저도 짜장 맛이라기보다는 설탕 맛에 가깝긴 했지만 어쨌든.

　문제는 그다음부터인데, 중반부가 되면 미세하게 나던 짜장 맛조차 어디론가 다 사라지고 떡만 입에 남으면서 떡에서 자꾸 신맛이 났다. 식초를 넣은 건지 양념의 문제인지 아니면 밀떡의 주정 처리* 때문인지 씹으면 씹을수록 떡에서 신맛이 배어 나오는 것이다. 단맛과 짜장 향이 사라지고 신맛만 물컹물컹 나오니 이걸 어떻게 받아들여야 할지 혼란스러웠다. 결투를 신청하는 건가? 그 와중에 말랑하긴 한 떡을 계속 씹고 나서 삼킬 때가 되면 무맛, 그러니까 아무 맛도 아닌 채로 목구멍으로 넘어갔다.

　이게… 뭐지?

　내가 방금 먹은 게 짜장 떡볶이가 맞는지 의심하게 되면서 다시 새로 한입을 먹게 되는 걸 보니 이런 방식으로 계속 먹게 만드는 음식인가 싶었다. 아닌 게 아니라 우리는 "이게… 무슨 맛이지?"라고 말

● 미생물 증식을 억제하기 위해 주정액(전분이나 당분을 발효시켜 만든 알코올)을 뿌리거나 주정액에 담그는 과정.

하며 떡볶이를 계속 먹었다. 먹으면 먹을수록 먹을 때마다 희한하게 맛이 없고 새롭게 맛이 없었다. 뭔가에 홀린 사람들처럼 떡만 집어 먹어보고 숟가락으로 소스도 퍼먹어보면서 우리는 갸우뚱과 "푸학!"을 반복했다. "야, 채소 먹어봐, 채소 먹으면 또 새롭다." 그 말에 나머지 셋이 양배추를 먹어보고는 푸학 웃고, "야, 어묵 먹어봐, 어묵 먹으면 또 다른 맛이다." 하는 말에 나머지 셋이 어묵을 먹었다가 푸흐흐 웃었다. 다른 안주들로 배를 채우다가 "야, 식으니까 또 새롭다." 하는 말에 식은 짜장 떡볶이 소스를 먹어본 우리는 또 웃었다. 그렇게 넷이 웃으며 먹다 보니 어느새 짜장 떡볶이는 바닥을 드러냈다. 이게… 뭐지?

아래는 이 떡볶이에 대한 각자의 감상이다.

팀원 1: 인생은 초콜릿 상자와 같아서 어떤 것을 집게 될지 알 수 없죠. 짜장이든 초콜릿이든 일단 검정이면 의미는 대충 다 통하는 것 같습니다. 온도와 재료에 따라 무한한 변주를 선사하는 가성비 최고의 랜덤 박스. 첫맛과 끝맛이라는 개념을 익히는 데에 아주 효과적인 스타터 키트. 우연에서 탄생한 수많은 요리의 이름이 처음부터 정해져 있지는 않았을 것입니다. 어쩌면 이 떡볶이의 유일한 흠은 짜장이라는 이름의 구속구가 아니었을까요. 현재로서는 가장 가깝게 설명할 수 있는 맛이 짜장이었을 뿐, 오늘 우리는 미래의 유명 메뉴 탄생의 역사 그 첫 장에 자리했던 것인지도 모릅니다.

팀원 2: 검었다.
떡볶이도, 그것을 바라보는 내 마음도, 그것의 맛도.
심연에서 손을 허공에 휘저으며 길을 찾듯 떡볶이 맛을 음미해본다. 찾을 수 없었다. 내 두뇌의 언어적 표현이 부족해서인지, 미각적 부분이 부족해서인지는 모르겠으나, 나는 이 떡볶이의 맛도, 존재의 이유도 찾아낼 수 없었다.
모든 것에는 이유가 있다는 문구가 있다. 그 문구마저, 이 떡볶이가 존재하는 이유를 설명할 수는 없을 듯하다.
나는 오늘 떡볶이가 아닌, 어둠을 먹었다.

팀원 3: '먹방'이 하나의 문화가 되긴 했지만 수많은 먹방에 등장하는 인물들을 굳이 예로 들지 않아도 음식을 사랑하는 친구들을 오래전부터 지켜보며 항상 궁금했다. '셰프도 아닌데 음식에 대해 저렇게 할 말이 많다고? 음식의 맛에 대한 표현이, 재료 선택과 조화에 대한 깊은 분석이, 그냥 저렇게 먹어보는 것만으로 나올 수 있다고?' 지인들 사이에서 유명한 '맛알못'인 내게 음식에 대해 길고 멋있게 말할 수 있는 사람은 늘 신기한 사람이었다.

오늘 친구의 소개로 접한 특별한 짜장 떡볶이의 떡 하나를 집어 먹은 뒤 친구들과 이 음식의 재료와 조리 방법, 그렇게 탄생한 최종 결과물에 대해 신나게 이야기를 나누는 나 자신을 보았다. 떡을 넘어 야채, 어묵을 집어 먹으며 터져 나오는 나의 분석력에 스스로 놀랄 지경이었다. 오늘 나는 백종원이고 고든 램지였으며 대장금이었다. 아, 그랬구나…. 나는 맛있는 음식을 먹을 때는 별생각이 없고 그렇지 않은 음식을 먹을 때는 똑똑해지는 사람이었구나…. 30년이 훌쩍 넘는 삶을 살며 이 사실을 오늘 처음 알았다. 고마워, 특별한 짜장 떡볶이야…. 네 덕분에 나에 대해 조금 더 알게 되었어….

　술과 함께 먹었다면 또 달랐을지도 모르지만,
아니, 이건 달라질 리가 없다. 옆에서 맥주를 계속
마시던 친구도 이 문제의 떡볶이를 맛없어하기는 마
찬가지였던 데다가, 맛없는 안주를 술과 버무린다고
괜찮은 맛이 될 리가 없다. 소주를 한 병 이상 마신
상태라면 좀 다르게 느껴질까? 하지만 PD님은 늘 취
한 상태로 여길 가서 짜장 떡볶이를 먹었지만 늘 맛
이 없었다고 했는데.

　그래도 먹고 나니 맛이 없는데도 다들 짜장 떡
볶이를 시키는 이유를 알 것도 같았다. 어쨌든 한입
을 시작하니 계속 손이 가기는 했던 것이다. 왜일
까? 역시 떡과 설탕의 힘은 맛없음을 이기기 때문일
까? 신기하게도 다른 안주는 그럭저럭 먹을 만했으
며(이 대목에서 친구들은 큰 실망을 했다.) 그걸로 저녁식
사는 무사히 해결했다(는 것을 친구들은 아쉬워했다.).

　맛없는 떡볶이를 먹겠다고 이렇게 애써보기는
처음인데, 오히려 맛있기로 소문난 떡볶이를 먹으
러 갈 때보다 훨씬 재미있었다. 맛있다고 소문난 떡

복이가 그렇게까지 맛있지 않을 때의 실망감보다 맛없기로 소문난 떡볶이가 예상보다 더 맛이 없을 때의 즐거움이 더 크다니, 정말이지 웃기는 짜장이다. 그렇다고 전국의 맛없는 떡볶이 탐방 같은 걸 할 생각은 요만큼도 없지만. 재료가 소스를 밀어내는 놀라운 경험! 온도에 따라 다채롭게 달라지는 맛없음! 순식간에 사라지는 짜장의 향기! 이 모든 악조건 속에서도 결국 우리는 맛없음을 거스르며 앞으로 앞으로 나아갔던 것이다.•

•   『위대한 개츠비』의 문장을 패러디해보았다. 피츠제럴드 선생님, 죄송합니다.

그날 우리가 함께 먹은 것은

친구들과 아주 가끔, 그러니까 몇 년에 한 번 정도 즉석 떡볶이를 먹는 게 다였던 어느 날, 정말 맛있는 즉석 떡볶이를 먹은 일이 있었다. 인천의 한 도서관에서 작가 Y와 함께 북토크를 한 날이었다. 지금이야 Y와 편안하게 이야기를 나누지만 그때만 해도 그와 북토크를 한다는 사실이 무척 감격스러웠더랬다. 유튜브를 시작한 지 2년밖에 안 되어 모든 게 신기하던 때였다.

행사가 끝난 뒤 Y와 함께 온 관계자분들이 다 같이 떡볶이를 먹으러 간다고 했다. 끝나고 친구와 약속이 있었던지라 같이 가자는 제안을 못내 거절하고 따로 도서관 출구로 나온 나는, 조금 늦어질 것 같다는 친구의 연락에 뒤도 돌아보지 않고 곧장 주차장으로 달려갔다. 저, 저, 저도 같이 가도 될까요? 진짜 이렇게 말하진 않았지만 느낌은 대충 비슷하다. 어색하고 떨리더라도 꼭 같이 가고 싶었다. 맛있는 떡볶이집이라는 말에 혹했고, Y와 처음 만난 것이 신기하기도 했으니, 함께 떡볶이를 먹자는 건 그야말로 근사한 제안이었던 셈이다. 일행 중에 아는 사람은 하나도 없었지만 그거야 뭐 가서 어떻게든

되겠지.

얼결에 SUV에 실려 도착한 곳은 인천에서 유명하다는 '할머니 즉석 떡볶이'였다. 오래된 간판, 가게 밖에 붙은 웨이팅 안내문, 벽에 한가득 붙어 있는 포스트잇이 그곳의 명성을 보여줬다. 혼자 괜히 위축된 상태로 조심조심 따라 들어가 앉았는데 솔직히 정신이 하나도 없었다. 처음 오는 곳이지, 바로 앞에는 티브이에서나 보던 Y가 앉아 있지, 출판 관계자분들과도 어색하지…. 수저를 어떻게 놔야 하나? 물통은? 휴지는? 나는 누구지? 여긴 어디지? 아직 사회초년생이었던 이십대 후반의 뚝딱이는 그저 모든 게 혼란스러웠을 뿐.

원래 이런 상황에서는 밥이 눈으로 들어가는지 코로 들어가는지 몰라야 하는데… 이런, 떡볶이가 너무 맛있었다. 달달한 양배추와 말랑말랑한 떡, 국물 떡볶이에 가까운 소스. 쑥스러움에 눈알을 도르륵 굴리면서 아무도 말을 시키지 않을 때마다 부지런히 떡볶이를 먹었다. 내 기억이 맞는다면 그날 우리는 볶음밥까지 알차게 볶아 먹었다.

어쩌면 그날의 떡볶이에는 긴장감과 설렘, 흥분

이 모두 섞여 있었는지도 모른다. 여러 사람과 옹기
종기 모여 음식을 나눠 먹는 즐거움과 새로운 만남
에 대한 떨림이 떡볶이를 몇 배로 맛있게 만들어주
었는지도 모르고. 원래 즉석 떡볶이란 그런 음식인
걸까? 이 사람들과 신당동 떡볶이집을 갔다면 그곳
의 떡볶이도 그렇게 맛있게 느껴졌을까? Y도 그날
의 떡볶이 맛을 인상 깊게 기억하고 있을까?

그러다 몇 년 후, Y가 낸 책 덕에 Y와 또 떡볶이
를 먹을 일이 생겼다. 그렇다. 이 Y는 뮤지션이자 작
가 요조다. 『아무튼, 떡볶이』라는 불후의 명작을 낸
요조 선생을 유튜브 채널 〈겨울서점〉에 모시게 된
것이다. 신촌의 모 스튜디오를 대여해 이야기를 나
누기로 했는데, 마침 그때 소셜미디어에서 화제가
되고 있던 철학자 이름이 붙은 떡볶이 체인이 생각
나 그곳의 떡볶이를 먹어보기로 했다.

나와 촬영을 도와주기로 한 친구 한 명, 카메라
두 대로 진행하는 소박한 촬영이었던지라 모든 준비
과정이 정신없이 진행됐다. 인터뷰를 매끄럽게 진행
하면서 편집점을 생각하면서 떡볶이를 나눠 먹으면

서 촬영 상황을 신경 써야 하는 고난도 촬영이었다. 식탁과 그릇이 있는 공간을 대여했고, 주섬주섬 카메라를 세팅하는 동안 배달 앱으로 떡볶이를 시켰다. 비건을 지향하는 요조를 위해 주문할 때 소시지와 어묵을 빼 달라고 요청했다. 떡볶이를 기다리며 그릇을 씻고 식탁을 정돈하고 카메라 설정을 몇 번씩 바꾸고 사운드를 체크하고 이랬다 저랬다 하는 동안 요조가 왔다.

2020년에 촬영한 이 영상은 러닝타임이 무려 한 시간에 달하는, 〈겨울서점〉에서는 흔치 않은 분량이다. 지금 보니 무슨 생각으로 이걸 한 시간짜리로 내보냈는지 모르겠다. 아마 뭔가를 잘라내기엔 모든 이야기가 다 아쉽다고 생각했던 것 같다. 왜냐하면 이건 '요조'와 나누는 '떡볶이' 이야기였기 때문이다. '요조'와 '떡볶이' 사이에서 대체 뭘 덜어낸단 말인가? 이날 우리는 입에 떡볶이를 우물대며 좋아하는 면사리는 무엇인지, 글감은 어떻게 골랐는지, 프리랜서로서의 삶은 어떤지, 채식을 지향하면 무엇이 좋은지를 말하고 들었다. 나른하면서 차분하고 맛있는 영상은 아직까지도 〈겨울서점〉 채널의 몇 안

되는 먹방으로 남아 있다.•

　그때 먹은 철학자 떡볶이 프랜차이즈의 근황을 살펴보니 여전히 승승장구하고 있는 것 같다. 너무 승승장구를 하는 바람에 체인마다 붙던 철학자 이름도 어느샌가부터는 중단된 모양이다. 마포 소크라테스점, 노원 푸코점, 사당 데카르트점, 광진 헤겔점, 중랑 벤야민점, 송파 에피쿠로스점, 하남 플라톤점 등 서양 철학자들의 향연 속에서 화곡 장자점과 신림 공자점의 분투가 귀여웠는데.

　처음 이 프랜차이즈를 만든 대표가 철학과 출신이라던데, 이 목록만 보면 서양철학을 편애했던 것이 틀림없다. 떡볶이 프랜차이즈 소개글부터 전공자의 포스가 풍긴다. "떡볶이의 이데아, 네 맛을 알라." 심지어 점포 바깥쪽 유리에는 이렇게 쓰여 있다. "맛

• 　떡볶이가 의도치 않게 프리랜서 김겨울의 성장을 상징하는 음식이 되어버렸으니, 이 책이 나오면 그걸 핑계로 요조에게 또 떡볶이를 먹자고 꼬셔볼 생각이다. 이번에는 『아무튼, 떡볶이』에 나오는 곳 중 한 곳으로 가보자고 해야겠다. 그러고는 떡볶이 책 저자 둘의 위대한 만남이라며 동네방네 자랑해야지.

의 중용! 맛의 이데아! 소크라테스, 아리스토텔레스! 아! 스트레스 풀린다!"(철학과 대학원생으로서 마냥 웃을 수만은 없는 문구다.)

취준생이 되어 철학이 취업과 관련이 없다는 사실을 깨달은 후 떡볶이집에 취업하여 자기 떡볶이집을 차렸다는 대표의 소개글을 보고 있으면 뭐랄까, 역시 철학을 전공해서 못할 일은 없다는 생각이 든다. (문제는 할 수 있는 일도 열심히 찾아야 한다는 것이겠지만.) 떡볶이 프랜차이즈를 철학자 이름으로 하다니, 이런 좋은 쪽으로 정신 나간 결정을 할 수 있는 것도 다 철학 덕분이 아니겠는가. (아닐지도 모른다.) 내가 이 책의 초반부에 "떡볶이란 무엇인가?"라는 질문을 던졌듯이 이 프랜차이즈 대표도 같은 질문으로 시작했을지 궁금하다. 요새는 피자가 접목된 형태의 떡볶이를 팔던데, 그런 발상은 일단 "떡볶이란 무엇인가?"라는 질문에서 출발했을 만한 것인 데다가, "○○란 무엇인가?"는 철학의 단골 질문이기 때문이다.

그렇다면 좋은 떡볶이란 무엇인가? 좋은 떡볶이는 맛있는 떡볶이인가? 맛있다는 것은 주관적인 감상이 아닌가? 객관적으로 맛있는 떡볶이가 가능한가? 가능하다면, 객관적인 맛있음은 무엇에 의해 결정되는가? '좋음'이 '맛있음'이 아니라면, 음식을 만들어 파는 음식점의 본질이 다른 것으로 결정되는 것이 합당한가? 위생이나 재료 상태, 점주와 본사의 관계, 지점과 아르바이트생의 관계는 '좋음'에 어느 정도의 자리를 차지하는가? '좋음'은 누구에게 '좋음'인가? 여기서의 '좋음'은 사회적 '좋음'까지도 포함하는 것인가? …죄송하다. 철학자들은 원래 성가신 인생의 질문을 보따리에 이고 행복한 사람들의 뒤꽁무니를 좇아 달려가는 이들이다.

철학자에게도, 철학 전공자에게도 떡볶이의 맛은 공평한 법. 전국의 철학도들에게 떡볶이 한 그릇의 따뜻함만큼 큰 응원을 보낸다.

혼자 사는 어른의 특권

지인과 식사를 하기로 했는데, 마침 만나기로
한 곳 근처에 꼭 가보고 싶었던 판떡볶이집이 있었
지만 제안하지는 못했다. 별로 친하지 않은 사람과
허름한 떡볶이집에 들어가 등받이 없는 의자에 앉아
비닐에 담긴 떡볶이를 나무젓가락으로 먹으며 이야
기를 나누는 건 좀⋯ 아무리 내가 떡볶이를 좋아한
다고 해도 너무한 일이다. 일적으로 만나는 거라면
절대 불가능하고, 친분 도모를 위해 만나는 거라면
시도는 해볼 수 있지만 격식이 꽤 갖춰진 곳을 찾지
못한다면 역시 무리한 일이다.

　　소개팅을 떡볶이집에서 한다? 어떤 곳이냐에
따라 다르긴 하겠지만 대체로는 세상에 마상에 그게
무슨 일이냐는 반응을 친구들에게 들을 수 있을 것
이다. 꼭 가야 한다면 떡볶이집 같지 않은 떡볶이집
으로 가는 수밖에. 이 점이 떡볶이가 어떤 음식인지
를 잘 보여준다. 말하자면 친한 친구와 편안하게 먹
을 수 있는 음식이라는 것.

　　다른 사람들도 마찬가지일까? 나에게는 떡볶
이를 같이 먹을 수 있는 친구가 있고 아닌 친구가 있
다. 이를테면 나의 가족과도 같은 친구 L과는 어릴

때부터 떡볶이를 자주 먹었다. 자고로 학창 시절에 친해진 친구와 떡볶이를 같이 먹지 않기란 불가능에 가까운 법. 친한 친구치고는 음식 취향이 엄청나게 갈리는 와중에도 둘 다 떡볶이를 좋아하기로는 둘째 가라면 서러웠기 때문에 우리는 성인이 되고 나서도 종종 같이 떡볶이를 먹었다. 홍대 '조폭떡볶이'는 그 명성만큼이나 사람이 많고 떡볶이집답게 적당히 불편한데, 떡볶이 취향이 잘 맞는 L과 홍대에서 만나면 별 거리낌 없이 그 집을 가곤 한다. 친해진 시간과 깊이가 꽤 되어서 어떤 모습을 보여도 괜찮은 사람들과는 떡볶이를 먹자고 제안하는 것도, 같이 먹는 것도 그다지 특별한 일이 아니다.

하지만 그래서 오히려 함께 떡볶이를 먹는 건 특별한 일이 된다. 성인이 된 후에 알게 된 친구 중에는 여태 한 번도 떡볶이를 같이 먹지 못한 사람들이 있다. 아직 충분히 친해지지 않았거나 격식을 차리고 싶은 상대, 혹은 연애에 대한 긴장감이 있는 상대와는 떡볶이를 먹고 싶지 않달까. 나의 취약하고 부드러운 어떤 부분을 드러내는 일처럼 느껴진달까.

반드시 떡볶이를 먹어야 하는 특별한 이유가 있는 게 아니라면, 뜨겁고 매운 음식을 먹는 모습을 벌써 보여주고 싶지는 않은 것이다. 거기에는 나의 편안함도 있고, 어린 시절도 있고, 빨간 소스가 묻은 입가와 그에 따르는 약간의 부끄러움도 있다. 고춧가루가 붙은 이도 있고.

또 하나의 장애물이 있다면 떡볶이(특히 판떡볶이)는 너무 빨리 나오고 너무 빨리 없어진다는 것. 친한 사이에서야 빨리 먹고 치워도 별 상관이 없지만, 그렇지 않은 사이에서는 밥을 먹는다는 게 어느 정도 시간을 보내며 친교를 쌓는 의미가 있다 보니 판떡볶이의 스피디함이 방해가 된다. 그런 의미에서 즉석 떡볶이는 그래도 여럿이 모여 식사를 하기에 무난한 메뉴가 되는 것 같다. 전골을 끓여서 나눠 먹는 일과 비슷하니까. 하지만 내 마음속 진짜 떡볶이는 판떡볶이인 것을…. 즉석 떡볶이는 매운 떡 전골인 것을…. 판떡볶이를 무척 좋아하고 그래서 좋아하는 사람들과 함께 먹고 싶지만, 그만큼 편하고 친한 사람이 아니고서는 찾지 않게 된다. 나에게 판떡볶이를 같이 먹는다는 건 긴 대화에 대한 고민 없이 가볍게 끼니를 때워도 어색하지 않은 사이라는 뜻이기도 하니까.

떡볶이를 같이 먹는다는 건 친밀감의 상징이라고 생각하는 입장에서 대학교에 입학하자마자 선배들과 동기들이 다 같이 학교 앞의 떡볶이를 먹으러 갔던 때를 생각하면 조금 웃음이 난다. 당연히 우리는 술을 마시러 간 것이었고 떡볶이집이라기보다는 주점이었는데, 이곳의 특선 메뉴이자 거의 유일한 메뉴가 김치 떡볶이와 유자가 들어간 술이었기 때문에 사실상 다들 떡볶이집으로 인식하고 있었다. 커다란 쟁반 같은 그릇에 떡국떡과 양파, 김치가 들어간 김치 떡볶이가 테이블마다 하나씩 나오고 상큼하고 달콤한 술이 이어졌다. 대학생 때는 대개 돈이 없으니까 보통 소주 한 병을 추가로 시켜서 섞었다.

이때 나는 깨달았다. 술을 왕창 마시면 떡볶이가 줄어드는 속도가 느려지는구나! 다들 정신없이 술게임을 하며 술을 마시느라 행사는 몇 시간이고 이어졌다. 떡을 먹고 양념이 남으면 추가로 밥을 주문했는데, 밥을 볶아주지도 않아서 우리가 직접 접시에 비벼 먹어야 하는 데다가 당시에는 위생적이지 않기로 유명했던 이곳을 참 많이도 갔다. (걸을 때마다 바닥에 쩍쩍 달라붙던 발바닥.)● 친하지 않은 사람들과 여길 가서 술을 콸콸 부어 마시고 떡볶이를 주워 먹은 다음 밥까지 슥슥 비벼 먹고 나면 세상에 이런 동기며 선후배가 없었다. 친하지 않아서 떡볶이를 같이 못 먹는다? 떡볶이집에 가서 친해지는 방법도 있다.

하지만 고백하자면 내가 떡볶이를 먹을 때 가장 좋아하는 곳은 집이다. 누구의 눈치도 볼 필요 없는 안전한 환경이랄까. 혼자 밥 먹는 것에 대해 머쓱해하는 사람들도 있지만 나는 혼자 먹는 것이 괜찮다 못해 혼자 먹는 것을 즐기는 적극적 혼밥파다. 밥을 하도 혼자 먹어서 그것에 익숙해진 것일까? 같이 살면서도 밥을 따로 먹던 가족의 분위기가 나의 취향

● 지금은 식약처 위생등급 '매우 우수'를 받을 정도로 깨끗한 주점으로 거듭났다고 한다. 메뉴도 엄청나게 늘어나서 떡볶이 위에 치킨, 돼지고기, 해물 등 온갖 토핑이 올라가는 데다가 로제 버전까지 나왔다고 하니 강산이 변하긴 한 모양이다.

을 만들었는지도 모른다. 혹은 미국에서 혼자 떡볶이를 만들어 먹던 습관이 계속 이어지고 있거나, 일과를 마치고 사 온 떡볶이를 덜어 방에 들어가 맥주와 먹던 것이 습관이 되었거나.

이유가 무엇이든 그게 중요한 것은 아니다. 누군가와 같이 먹을 때의 기쁨과 즐거움이 있다면 혼자 먹을 때의 집중과 고독이라는 것도 있는 법이다. 하루를 잘 컨트롤해야 하는 프리랜서에게는 자신의 컨디션에 스케줄을 잘 맞추는 게 무엇보다 중요하다. 게다가 혼자 먹으면 메뉴를 내 입맛에 맞출 수 있다든지, 맛에 더 집중할 수 있다든지, 시간이 없어서 못 본 책이나 영화를 볼 수 있다는 장점도 있다. 그래서 혼자 먹되 식당에서 혼자 먹는 것보다 집에서 혼자 먹는 걸 좋아한다.

떡볶이의 경우도 마찬가지여서 떡볶이를 사 먹어도 포장해서 집에서 먹는 편을 좋아한다. 떡볶이가 편안한 음식인 만큼 좋아하는 환경에서 먹고 싶은 마음. 떡볶이의 종류도 맛도 내가 원하는 정도로 맞춰서 구매하거나 조리할 수 있고, 사이드 메뉴도 원하는 것만 고를 수 있고, 쥐꼬리만 한 떡을 몇 번

잘라 먹든 아무도 뭐라고 하지 않으며, 뜬금없는 재료를 넣어도 상관이 없고, 입가에 떡볶이 국물이 묻어도 신경 쓰지 않아도 되고, 비건 메뉴를 만들면서 양해를 구하지 않아도 된다. 치즈나 베이컨이나 소시지 없이 떡볶이를 먹는 것에 대해 눈치를 보거나 미안해할 필요가 없다는 뜻이다. 이게 바로 혼자 사는 어른의 특권이다 이 말이야.

집 앞의 자주 가는 떡볶이집에서 떡볶이 1인분을 포장해 온다. 돌아오는 길 슬몃 웃음이 난다. 누구도 방해할 수 없는 나의 온전한 식사 시간! 이것 참, 나도 유튜버지만 먹방하기는 글러 먹은 것 같다. 카메라 앞에서 혼자 떡볶이를 먹는다? 세상에, 절대 그건 불가능한 일이다. 지금까지 유튜브에 올린 수많은 영상 중 내가 밥을 먹는 영상은 손에 꼽으며, 그것조차도 먹는 모습은 조금만 찍고 카메라를 끈 결과물이다. 6년 넘게 유튜브를 했어도 카메라 앞에서 완전히 편안할 수는 없다. (유튜버가 아니라 연예인이라도, 아니 연예인 할아버지라도 카메라 앞에서 완전히 편안할 수 있는 인간은 없다.) 먹는 시간만큼은 혼자든 친구와 있든 편안한 마음이고 싶다. 특히나 메뉴가 내가 사랑하는 떡볶이라면 더. 그래서 나의 일상을 공유받고 싶어 하는 구독자들에게는 조금 미안하지만, 오늘의 떡볶이도 카메라 없이 혼자 냠냠 먹을 예정이다.

위장을 내놓을 테니 쾌감을 주시오

인간은 왜 자학을 하면 기분이 좋아지는 존재인 것일까? 숨이 턱 끝까지 차도록 뛴다든지 정신이 쏙 빠지게 매운 걸 먹으면 스트레스가 풀리는 이상한 동물이 아닌가 말이다. 차이가 있다면 전자는 폐활량 증대에 좋고 후자는 위장을 작살낸다는 것 정도겠지만…. 그리고 우리는 폐활량 증대보다는 위장 작살을 선호하는 게으른 현대인인 것이다. 자고로 몸에 좋은 것은 하기가 싫고 입에 단 것은 몸에 쓴 법. 물론 매운 것을 먹어서 스트레스를 푼다는 개념을 전혀 이해하지 못하는 사람들도 있지만, 나도 디저트를 먹으면 기분이 좋아진다는 개념을 이해하지 못하기는 매한가지다. 본인이 이해하든 이해하지 못하든, 단 걸 먹으면 뇌에서 도파민이 나오고 매운 걸 먹으면 뇌에서 아드레날린이 나온다고 한다. 단맵단맵의 파괴적인 기분 좋음이 이렇게 탄생합니다, 짜잔.

이십대 때는 일주일에 한 번씩은 땀이 날 정도로 매운 음식을 먹었던 것 같다. 동대문역 근처에서 파는 매운 족발과 그 근처의 마라탕, 맵기로 유명한 체인점의 떡볶이는 여건이 될 때마다 한 번씩 먹어줘야 하는 생활 필수품이었다. 아주 맵지는 않더라도 약간은 매콤한 맛이 도는 닭강정이나 카레도 마찬가지. 심지어는 단맛이 너무 세서 좋아하지 않는데도 온갖 에디션이 나오고 있는 매운 볶음면을 가끔 찾곤 했다. (일단 훨씬 싸기도 하고.) 평소에는 풀과 과일 같은 걸 먹다가 오늘이다, 싶은 날에는 작정하고 집에 돌아오는 길에 매운 음식을 샀다. 편의점에서 파는 네 캔에 10,000원짜리 맥주와 매운 음식 한 접시면 됐다. 매콤하게 아린 입에 시원한 맥주를 콸콸콸 부으면 한동안 쌓인 스트레스가 위장으로 싹 내려갔다.

한창 매운 걸 먹을 때는 매운 음식에 대한 호승심 같은 게 있어서 떡볶이도 매운 걸 찾았다. '그래도 내가 자존심이 있지 어떻게 순한 맛을 먹나~' 같은 (쓸데없는) 생각이었다. 그리고 솔직히 땀 빼자고 매운 걸 먹는 건데, 괜히 애매하게 덜 매운 걸 먹어서 먹은 둥 마는 둥 하는 게 무슨 의미람. 받은 스트레스만큼 더 맵고 더 세게, 강렬한 고통으로 강렬한 스트레스를 날려버린다는 이열치열 성격의 식사를 원하는 것이다. 보통 매운 음식을 먹고 남은 위장의 자리는 물이나 두유 같은 걸로 채우느라 많이 먹지는 못했지만, 매우면 그걸로 된 거니까.

하루는 작업실에서 음악 작업을 마치고 두통과 스트레스에 절여진 상태로 퇴근하다가 근처 유명한 떡볶이집 '현선이네'에 들렀다. 원래 포차에서 시작되었다는 이곳은 출신에 어울리게 늘 소주와 맥주를 구비하고 있고, 매운 떡볶이와 순한 떡볶이를 옵션으로 두었다. 둘 중에서 고를 수 있다면 매운 떡볶이를 고르는 게 인지상정. 패기롭게 매운 떡볶이를 한 입 먹었는데, 오우 이런, 뭔가 잘못되었다는 생각이 들었다. 와. 좀 너무하네, 이건. 떡볶이를 입에 넣자마자 땀이 나는 건 흔치 않은 경험이다. 동네 떡볶이집에서 이런 매운맛을 낸다고? 여기는 스트레스로 돌아버린 사람들만 오는 곳인가?

나는 집에 우환이 있는 사람처럼 떡볶이를 먹었다. 떡볶이를 먹으면서 그렇게 운 적이 없다. 그리고 떡볶이를 먹으면서 그렇게 단무지를 많이 먹은 적도 없다. 맛있긴 하네. 이 와중에 맛이 느껴진다는 게 어이가 없었다. 결국은 한 접시를 다 못 비우고 자리에서 일어났다. 다시는 매운맛을 선택하지 않겠다는 다짐과 함께.

그런데 며칠이 지나 작업실 의자에 앉아서 머리를 쥐어뜯는데, 그 떡볶이가 또 생각나는 거다. 돌았군, 돌았어. 이래서 거기가 유명하구나. 거기 앉아서 부채질을 하며 떡볶이를 먹고 맥주를 꿀꺽꿀꺽 마시는 사람들이 떠올랐다. 다들 어떤 마음으로 거길 갔는지 대충 알 것 같았다. 힘들게 하루를 보내고 지친 마음으로 찾는 곳. 매움으로 속상함을 잠시 잊을 수 있는 곳. 그날도 퇴근 후에 그 떡볶이집에 들렀다. 이번에는 정신 차리고 순한 맛을 선택했지만 왠지 기분은 좋았다. 비슷한 마음으로 온 사람들이 삼삼오오 모여 힘을 내고 있는 것 같아서.

위장과 쾌감의 등가교환은 이십대 후반 즈음 관뒀다. 이제는 그때처럼 터무니없이 매운 음식을 먹지 않는다. 위장도 많이 약해졌고, 매운맛에 대한 역치도 낮아졌고, 무엇보다 매운 음식으로 스트레스가 풀리지 않는다. 이제 나의 스트레스를 풀어주는 것은 아침의 고요, 천천히 마시는 커피, 가벼운 산

책, 머리를 비워주는 운동 같은 것들이다. 짧고 강렬한 해결책은 짧고 강렬하게 사라져버린다는 걸 알게 됐다. 쉽게 얻은 것은 쉽게 잃게 된다는 옛말이 틀린 게 하나 없다. 심지어 매운 걸 먹어서 탈이 난 위장을 회복시켜야 했으니 결론적으로는 값비싼 대가를 치른 셈이다. (그래도 후회하지는 않는다.)

매운 음식이 위장에만 문제가 된 건 아니었다. 지금은 유튜브를 하고 있고 그전에는 노래를 만들어 부르던 나에게 매운 음식은 까딱 잘못하면 목의 컨디션을 뚝 떨어뜨리는 범인이었기 때문에 특별히 목에 신경을 써야 할 일이 있을 때는 눈물을 머금고 매운 음식(주로 떡볶이)을 끊어야 했다. 반찬 정도의 매운 음식을 피할 수 없을 때는 그냥 먹었지만 그 이상으로 맵게 먹으면 목이 잠기는 게 실시간으로 느껴졌으니 떡볶이 사랑인에게 벌어진 일치고는 이 어찌 얄궂지 않을쏘냐.

몇 년 전 오디오북 제안을 받아 메리 셸리의 소설 『프랑켄슈타인』 전체를 낭독하는 녹음을 했다. 하루에 두 시간에서 세 시간씩, 평일에 매일 녹음실에 나가서 글을 한 자 한 자 읽었다. 전문 성우가 아닌 사람이 300페이지가 넘는 고전소설을 실수 없이 낭독하는 것은 쉬운 일이 아니다. 게다가 숨소리까지 녹음되는 완전한 침묵 속에서 자신의 목소리를 귀로 들으며 몇 시간씩 책을 읽는 일은 워낙 낯선 경험이었기 때문에 녹음을 하는 몇 주 동안은 꼼짝없이 목소리를 관리해야 했다.

그때 가장 먼저 한 일이 떡볶이를 끊는 것이었다. 떡볶이만 안 먹어도 일단 어느 정도 목소리를 유지할 수 있다. 그리고 또 하나 한 일이 커피를 끊는 것. 일상을 지켜주는 두 가지를 기꺼이 중단하고 최선을 다해 녹음했다. 출판사와 제안한 회사 모두 만족했지만, 나는 성우라는 직업이 괜히 따로 있는 게 아니라고 다시 한번 절감했다.

특히 지금에 와서 아쉽게 생각하는 건 그때의 발성이다. 오디오북을 녹음한 이듬해, 성대에 문제가 생겨 몇 달 동안 목소리가 제대로 나오지 않았다. 매주 병원을 다니면서 치료를 받고 발성을 새로 배우는 과정을 거치고 나서야 오랫동안 말을 해도 목소리가 변하거나 쉬지 않는 방향으로 소리를 내게 됐다. 지금 오디오북을 다시 녹음한다면 완전히 다른 목소리로 새롭게 녹음할 수 있을 것 같은데. 발성이 완전히 바뀌어서 지금은 오디오북을 녹음했을 당시의 목소리를 아예 내지 못한다. (그 목소리는 물론 유튜브에 아주 많이 남아 있다.) 물론 오디오북 얘길 하자고 이렇게 길게 말하고 있는 건 아니고, 병원을 다니는 몇 달 동안 다시 떡볶이를 끊었다는 이야기를 하려는 참이다.

그때는 무슨 짓을 해도 목소리에 차도가 없어서 정말 할 수 있는 건 다 했다. 떡볶이를 끊고, 커피도 끊고, 마누카 꿀을 사다 먹고, 프로폴리스 스프레이를 뿌리고, 배도라지 즙을 마시고, 따뜻한 차를 마시고, 잠을 푹 자고, 약을 챙겨 먹고…. 하여간 인터넷을 뒤져서 목에 좋다는 건 다 해봤다. 그런데도 도무지 목소리는 나오지를 않았고 나는 사흘에 한 번씩 다음주 혹은 다다음주 강연을 취소해야 할 것 같다, 정말 죄송하다는 메일을 보내야 했다. 매일 일을 거절하거나 취소하는 연락을 보내면서 차도가 없는 몸을 원망했다. 여러모로 지칠 수밖에 없었다. 결국은 당시 나를 정신적으로 괴롭히던 일이 마무리된 후에야 거짓말처럼 성대가 나았고, 그때부터는 병원에서 배운 발성으로 목을 보호하고 있다.

당시 목이 대충 나아갈 때쯤 나는 여전히 떡볶이를 다시 먹는 걸 두려워하고 있었다. 아직 완전히 나은 건 아닌 것 같은데 혹시나 이걸 먹었다가 순식간에 또 목소리가 나오지 않으면 어쩌지…. 지난 몇 달의 괴로움을 다시 겪어야 하면 어쩌지…. 떡볶이라는 평생의 사랑은 어느새 두려움의 대상으로 변해 있었다. 떡볶이가 정말 먹고 싶었는데 무서워서 손을 대지도 못했다. 이건 몸의 차도와 관계없는 일이었다. 원래 두려움이라는 건 비이성적이니까. 떡볶이가 목과 직접적인 관계가 있는 것도 아닐 테고, 떡볶이를 한 번 먹는다고 목 상태가 갑자기 악화될 리가 없으며, 이걸 머리로는 다 알고 있는데도 도저히 먹을 용기가 나지 않았다.

결국 혼자서는 이 벽을 뚫고 나가지 못했고, 친구와 충동의 힘을 빌려야 했다. 스튜디오를 빌려 유튜브 촬영을 하던 어느 날, 촬영을 도와준 친구에게 떡볶이를 먹고 싶은데 목 때문에 주저된다고 솔직히 털어놓았다. 친구는 목이 많이 아픈 게 아니고 빠른 시일 내에 목을 쓸 일이 없다면 그냥 먹으러 가는 게 어떻겠냐고 나를 격려했다. 나는 힘든 촬영이 끝난 후의 성취감과 피로감으로 에라 모르겠다, 시원하게 "콜!"을 외쳤다. 이왕 이렇게 된 거 마신 지 한참 된 맥주도 마시면 금상첨화겠다 싶어 과감히 생맥주도 주문했다.

거의 반년 만에 먹는 떡볶이. 살면서 이렇게 떡볶이를 감격스럽게 먹었던 때가 없다. 떡볶이가 맥주와 함께 나오는데, 세상에, 저게 내가 먹을 떡볶이라니 무슨 헤어진 연인을 만나는 것마냥 가슴이 떨리는 것이다. 이럴 일이야? 과감히 한 점을 집어 입에 넣자마자 달달함과 감칠맛이 확 퍼졌다. 그래, 이거지! 이거였다. 내 인생에 결여되어 있던 달콤-쫄깃-매콤이었다. 나의 감격스러운 표정을 보고 친구는 빵 터졌고, 우리는 신나게 떡볶이를 먹고 맥주를 마시며 오늘의 촬영을 반추하고 내일의 계획을 나눴다. 활짝 신난 마음이 몸에도 좋은 영향을 전달한 건지 다음 날도, 다다음 날도 목에는 아무런 문제도 생기지 않았다.

나의 사랑하는 떡볶이는 이따금 두려움이나 원망의 대상이 된다. 몸에 무슨 문제가 생기면 가장 먼저 끊는 것도, 탓하는 것도 떡볶이다. 떡볶이는 자기 때문이 아니라며 억울해할지도 모르지만, 그만큼 많이 먹는 음식이라는 뜻이기도 하다. 오히려 평생을 좋아했고 많이 먹은 음식이기 때문에 이렇게 주저하면서도 계속 먹고 싶어 하는 것이다. 오래도록 떡볶이의 곁에 있을 수 있도록 건강하고 싶다. 먹는 빈도수는 좀 줄어들더라도.

역시 친구는 위대해!

"야, 떡볶이 먹자."라는 말을 진짜 순수하게 '떡볶이만 먹자'라는 말로 받아들이는 사람은 거의 없을 것이다. 저 말을 들을 때 우리의 머릿속에 떠오르는 '떡볶이'란 떡볶이와 튀김과 순대, 김밥과 어묵 국물까지의 집합체 같은 것이다. 아무리 배가 차 있어도 곁들이는 친구들 없이 떡볶이만 먹을 수는 없는 노릇. 떡볶이의 곁을 든든히 지키고 있는 친구들에게 감히 순위를 매겨보았다. 물론 이것은 지극히 개인적인 취향에 따른 것임을 밝혀두는 바이다.

1위: 어묵 국물

배달 떡볶이에 적응하는 데 어려움을 안긴 주원인. 앞서 밝혔다시피 단것을 좋아하지 않는 내가 거의 유일하게 좋아하는 달달한 음식이 떡볶이인데, 좋아한다고는 해도 떡볶이만 계속 먹는 것은 역시 무리다. 단맛에 질리기 전에 중간중간 넣어주는 어묵 국물이야말로 떡볶이를 완성시켜주는 존재라는 것이 나의 신념. 포차에 서서 떡볶이를 먹으면서 김이 폴폴 올라오는 뜨거운 어묵 국물을 한 컵 떠놓지 않는 사람이 있을까? 솔직히 어묵 꼬치는 그렇게까지 먹고 싶다는 생각이 잘 들지 않는데, 어묵 국물에는 미련이 많다. 그래서 배달 떡볶이를 먹을 때는 아예 편의점에 가서 작은 크기의 어묵탕을 사다가 같이 먹기도 한다. 나에게는 떡볶이와 짝꿍을 이루고 있는, 대체불가한 존재. 매운 것을 아직 잘 못 먹는 어린이들을 위해서는 떡볶이를 씻을 물의 역할까지 맡고 있으니 남녀노소 떡볶이의 단짝 친구라고 할 만하다.

공동 2위: 순대, 삶은 달걀

여전히 '짠 것이 먼저다'라는 구호를 이어가고 있다. 순대를 찍어 먹는 소스에는 막장도 초장도 있다지만 어릴 때 서울로 올라온 입장에서 역시 전통의 픽은 맛소금이다. 달달한 떡볶이 한입, 짭짤한 순대 한입 먹으면 이것이 바로 요즘 외식의 상징 '단짠단짠'이 아닌가. 예외가 있다면 순대 내장인데, 내장은 식감이나 향 때문에 맛소금보다 떡볶이 소스가 확실히 잘 어울린다. 순대도 야채가 다양하게 들어간 고급 순대보다는 찹쌀만 알차게 들어간 분식집 순대가 최고다. 고급 순대는 고급 순대에 어울리는 친구들이 있다. (전이라든지… 술이라든지….)

삶은 달걀이 떡볶이 국물과 얼마나 잘 어울리는지를 굳이 여기서 자세히 설명할 필요가 있을까. 흰자를 쪼개 국물을 푹 떠서 입에 넣으면 떡볶이 소스와 담백한 흰자가 함께 바스라진다. 퍽퍽한 노른자는 잘 으깨면 국물과 섞여 주황빛이 되는데 너무 흩어지지 않도록 조심하자. 눅진한 노른자의 식감과 맛이 떡볶이 소스의 맛을 중화시켜주면서 고소함과 감칠맛이 어우러질 것이다. 떡볶이에 부족한 단백질을 보충해주는 것은 덤.

공동 4위: 두부, 달걀찜

두부는 비건을 지향하게 되면서 즐겨 먹게 된 토핑이다. 애용하는 방법은 순두부나 전두부를 먼저 그릇에 통째로 담고, 그 위에 뜨거운 떡볶이를 부어서 함께 먹는 것. 차갑고 부드러운 두부와 뜨겁고 자극적인 떡볶이가 어우러지는 맛을 좋아한다. 떡볶이를 끓일 때 두부를 같이 넣었다가 입천장이 용암에 데인 듯한 고통을 얻은 후 선택하게 된 방식이다. 아니면 떡볶이를 거의 다 끓여갈 때쯤 살짝 넣는 것도 괜찮은데, 그러느니 아예 먹기 직전에 담아서 먹는 쪽이 내 입맛에는 더 맛있다. 두부를 푸딩처럼 한 스푼씩 퍼가며 조금씩 소스와 섞어 먹는 재미가 있다. 부침용 두부, 찌개용 두부, 마른 두부, 연두부, 두부 크럼블까지 다 시도해보았는데 전두부가 제일 잘 어울렸고 순두부가 그다음이었다.

두부 크럼블을 바싹 볶거나 에어프라이어에 돌려서 떡볶이 위에 뿌려 먹는 것도 맛있는데 시간이 좀 더 걸리는 조리법이라 그냥 뜯어서 바로 먹을 수 있는 쪽으로 정착했다. 그냥 두부에 비해 구하는 데에 품은 들지만 마라탕에 들어가는 푸주나 언두부도 말할 것도 없이 잘 어울린다. 두부 최고!

달걀찜은 배달 떡볶이 시대가 된 후 각광받기 시작한 사이드 메뉴다. 닭발이나 매운갈비찜처럼 매운 배달 음식의 친구로 애용되던 달걀찜이 떡볶이에도 매칭이 되기 시작한 것인데, 매운 소스와 부드럽고 고소한 달걀찜의 조화는 이미 검증된 것이니 마다할 이유는 없다. 뜨겁고 짭짤한 달걀찜은 때로 어묵 국물의 (조금 부족한) 대용이 될 수도 있다는 것이 개인적인 생각. 배달 옵션에 어묵탕이 없을 때 달걀찜을 시키면 '짠 것이 먼저다'를 그런대로 실천할 수 있다.

6위: 튀김

튀김이 이제야 나왔다는 사실에 섭섭해하는 독자 여러분도 계실 법하다. 물론 튀김도 맛있지만 다른 친구들이 워낙 쟁쟁한 탓이니 이해해주시길. 떡볶이에 부족한 바삭바삭한 식감과 다양한 재료를 맛보게 해줄 역할로 튀김만 한 게 없다. 전통의 김말이와 오징어튀김부터 야끼만두(결국 '당면만두'를 포기했다.), 야채튀김, 고구마튀김, 최근에는 새우튀김, 고추튀김까지. 개인적으로는 김말이와 야끼만두가 사

이드 튀김계의 투톱이라고 생각한다. 특히 야끼만두
는 바삭바삭하다못해 빠득빠득한 튀김을 국물에 푹
적셔 먹는 맛이 일품이다.

7위: 김밥, 컵밥, 주먹밥

요새는 배달 떡볶이 시장에서 사이드로 밥 메
뉴가 필수인 것 같다. 특히 마요 소스가 들어간 컵밥
이나 주먹밥 메뉴는 무조건 하나쯤 있어야 하는 모
양. 떡볶이의 매콤한 소스와 달달 느끼한 마요 소스
가 만나면 맛이 없기가 어려울 테니 납득은 되는데,
떡볶이에 사이드로 밥은 아무래도 개인적으로 좀 받
아들이기 힘든 부분이 있다. 빵의 속재료로 면을 넣
는 야끼소바빵을 보는 느낌이랄까. 떡볶이가 메인인
데 사이드로 또 밥을 먹어요? 탄수화물 대파티니까
당연히 맛은 있겠지만 그래도… 그렇지만… 내겐 둘
다 밥인데…. 그러고 보면 김말이와 야끼만두도 마
찬가지니까 할 말은 없지만서도.
　이상한 것은 컵밥을 김으로 싸놓았을 뿐인 김밥

은 떡볶이 소스에 찍어서 먹기 좋은 사이드로 인식
된다는 것이다. 안에 다른 재료가 들어 있고 하나씩
똑 떼어 먹기 좋기 때문일까. 김밥의 고소한 참기름
향과 아삭하고 새콤달콤한 단무지와 알알이 흩어지
는 밥알이 떡볶이 소스와 어우러지는 맛이 제법 좋
다. 가끔 김밥을 튀겨서 사이드로 내놓는 경우도 있
는데, 마찬가지로 떡볶이 소스와의 궁합이 좋은 편.

　　그 밖에도 모차렐라 치즈, 떡꼬치(혹은 떡튀김),
핫도그, 치즈볼, 순대튀김, 어묵튀김, 최근에는 차돌
박이에 낙곱새까지 떡볶이의 친구들은 끝이 없다.
처음에는 모 프랜차이즈에서 사이드 메뉴로 나온 죽
을 보고 '죽이라굽쇼?' 했는데 의외로 잘 어울려서
정말 놀랐다. 치킨과 떡볶이는 이제 거의 영혼의 단
짝 근처까지는 온 모양이고(아예 떡볶이집에서 치킨을
함께 팔기도 한다.), 쫄깃한 분모자나 중국당면은 없으
면 섭섭한 기본 사리로 격상된 듯하다. 아예 작정하
고 중국음식인 마라샹궈나 중국음식 근처의 짜장면
이나 중국음식 근처의 근처에 있는 짜장라면과 함께

먹는 사람들도 있다. 어떤 유튜버가 배달시킨 떡볶이를 반으로 나눠서 반은 그냥 먹고 나머지 반은 로제 마라샹궈(이런 것이 존재한다는 사실에 한국의 요식업계를 존경의 눈으로 바라보게 된다.)에 부어서 먹는 것을 보고 이것이 바로 창조경제, 아니 창조끼니구나 하며 박수를 쳤다.

개인적으로 별미라고 생각하는 또 다른 친구는 '유부모치(모치 유부주머니)'다. 일본의 어묵탕에 자주 들어가는 유부모치는 말 그대로 유부 주머니 안에 찹쌀떡이 들어간 음식으로, 어묵탕에 넣어 먹으면 유부에서 국물이 쭉 나오면서 쫀득한 떡과 어우러진다. 떡볶이와 함께 먹을 어묵 국물에 넣어도 좋고 떡볶이에 함께 넣고 끓여 먹어도 맛있는데 조금 비싼게 흠. 자주 먹진 못하지만 가끔 곁들일 만하다.

또 하나 격렬한 논쟁을 불러일으키는 주제는 어떤 면사리를 넣을 것이냐 하는 문제인데, 원래는 굳건히 우위를 지키던 라면사리파와 질 수 없다고 외치는 쫄면사리파가 있었다. 그러나 쫄면사리파를 너끈히 제치고 만 당면사리파가 이제는 라면사리파가 오래 지켰던 왕좌까지도 차지한 것 같다. 중국당면과 분모자의 공이다. 특히 로제 떡볶이가 나오면서 쫄깃한 당면의 위세가 커져 이제는 배달 떡볶이의 기본 사리 수준으로 자리를 잡은 듯하다. 그 밖에 우동사리, 파스타사리(!), 칼국수사리 등 다양한 면사리가 있지만 나의 선택은 무(無)사리, 그러니까 면사리를 안 넣는 것이다. 떡볶이는 자고로 떡이 주인공이다 이 말이야.

콜라나 사이다, 유산균 음료도 떡볶이의 친한 친구로 꼽을 수 있겠지만 너무 달기만 한 음료를 별로 좋아하지 않는 입장이라 애석하게도 코멘트할 말은 없다. 보통 내가 떡볶이와 함께 먹는 음료는 차가운 탄산수나 두유 정도, 기분을 내고 싶은 날에는 맥주나 와인 정도. 시원한 맥주야 두말할 필요도 없을 테고, 와인이 의외로 떡볶이와 잘 어울리는 주종이다. 가벼운 스파클링 레드 와인은 떡볶이의 무거운 맛을 중화하며 입을 상쾌하게 만들어주고, 푸릇한 향이 있는 화이트 와인도 떡볶이와 붙어서 지지 않는 힘이 있어 잘 어울린다. 평소에 선호하는 드라이한 레드 와인은 순대랑 먹으면 잘 어울리는데 떡볶이랑은 영 아니라서 아쉽다.

떡볶이와 함께 먹는 게 아니라 떡볶이를 먹은 후의 찰떡궁합을 꼽는다면 아이스크림과 빙수를 빼놓을 수 없다. 맵고 뜨거운 떡볶이를 먹은 뒤에 차갑고 달달한 후식을 먹는 즐거움. 단것을 좋아하지 않는 편인데도 떡볶이 다음의 차가운 디저트는 인정할 수밖에 없다. 학창 시절 자주 다니던 떡볶이집에는 뻥튀기에 아이스크림을 담아주는 뻥아이스크림이 있었다. 하나를 시키면 반으로 잘라주던 뻥아이스크림을 친구와 냠냠 나눠 먹는 것이 그 자리의 멋진 마무리였다. 곱게 간 얼음에 딸기 시럽과 우유 정도를 넣어주는 간단한 빙수도, 콘에 길게 담아주는 바닐라 아이스크림도 떡볶이의 단짝 친구임을 부인할 수 없다.

'친구들'의 범위가 이렇게 넓고 다양하다는 게 떡볶이라는 음식의 강점이 아닐까? 혼자서는 조금 단순할지도 모르지만 친구들과 만나면 무한대로 즐거워질 수 있다는 것, 각자 자신이 원하는 대로 조합을 꾸릴 수 있다는 것, 그래서 하나의 놀이가 될 수 있다는 것. 평생 먹어온 떡볶이가 먹어도 먹어도 새로운 건 그래서인가 보다. 역시 친구는 위대해!

서툴지만 조금씩

비건을 지향하게 된 후로 떡볶이와 혼자만의 잔잔한 사투를 벌이고 있다. 어느 떡볶이집에 가든 어묵이 터줏대감 자리를 지키고 있고 게와 멸치(와 아마도 글루탐산나트륨)로 우려냈을 어묵 국물을 육수로 사용하는 상황에서 비건을 기대하는 건 사실상 떡볶이를 안 먹겠다는 말과 비슷하다. 그리고 애석하게도 나는 판떡볶이의 맛을 잊지 못하는 토종 한국인. 심지어 이제는 배달을 주력으로 하는 대용량 떡볶이의 시대가 와버린 탓에 햄이며 소시지며 베이컨이며 치즈며 하는 각종 토핑들이 떡볶이를 평가하는 데 지대한 영향을 미치는 상황이 되어버렸다. 이 어찌 떡볶이 사랑인 겸 비건 지향인의 위기가 아니라고 할 수 있으랴.

물론 비건이어도 떡볶이는 얼마든지 먹을 수 있다. 비건이라고 해서 늘 풀만 먹고 사는 건 절대 아니다. 비거니즘에 대해 관심이 없는 사람들이 잘 모르는 것 중 하나가 비건을 지향해도 몸에 안 좋은 음식만 골라 먹을 수 있다는 것인데, 이걸 '정크 비건'이라고 부른다. 비건 탕수육, 비건 치킨, 비건 라면만 먹는 삶이 딱히 건강한 건 아니니까. 단적으로 감

자튀김도 비건*이라는 걸 생각해보면 '비건=건강함'
의 공식은 틀렸다는 걸 알 수 있다. 반대로 나는 비
건을 지향하기 전에도 햄버거나 치킨은 별로 좋아하
지 않았고 하루 한 끼는 제철 과일과 샐러드를 먹던
편이라 꼭 비건이라서 건강한 식사를 추구하는 것도
아니다. (독립하기 전 가족과 함께 살 때 친언니는 나의 점
심식사를 보고 "너 이러다 정말 무병장수하겠다."는 평을 했
다.)

그래서 비건이라고 해도 몸에 쓰고 입에 단 떡
볶이를 해 먹는 데에는 문제가 없다. 불량 비건 버전
의 떡볶이 한상을 차리고 싶다면 일단 고추장과 설
탕**과 물엿, 쌀엿을 잔뜩 준비하면 된다. 솔직히 어
떤 떡볶이든 이 재료들이 절반은 책임지는 법이다.
걸쭉하게 끓인 소스에 간장과 식물성 조미료를 넣어
간을 맞춘 후 취향껏 떡을 넣어 익힌다. 사이드 메뉴
로는 김말이와 고구마튀김, 야채튀김 등이 있다. 감
자튀김에 비건 체다 소스와 설탕을 섞어 뿌리거나,

*   라드나 우지가 아닌 식물성 기름으로 튀겼을 때에만 해당된다.
**   정제 과정에서 탄화골분을 사용하지 않은 설탕.

비건 치킨을 에어프라이어에 돌려서 함께 준비하면 완성이다. 떡볶이 위에 살포시 놓을 치즈가 아쉽다면 지금은 온갖 비건 치즈가 나와 있는 고도 문명의 시대라는 점을 짚고 넘어가야 하겠다. 말이 불량 비건이지 그냥 분식 한상차림이다.

물론 조금 건강한 버전을 시도해볼 수도 있다. 양배추를 반 통쯤 썰어 넣고 물을 자작하게 부어 익힌 다음 고춧가루와 고추장과 간장 등을 넣고 떡볶이를 하면 여느 판떡볶이 부럽지 않은 근사한 맛이 난다. 놀랍게도 떡보다 달달한 양배추가 맛있는 기현상을 경험할 수 있는데, 언제 반 통을 넣었냐는 듯 다 먹고 나면 양배추 리필에의 충동에 사로잡힐 수밖에 없다.

취향에 따라 당근이나 토마토를 함께 넣을 수도 있다. 양념에 절여진 삶은 달걀 대신 두부를 썰어 넣는다. 아니면 조금 으깨서 넣어도 좋고, 두부 크럼블이나 순두부를 넣어도 맛있다. 두부를 넣는 김에 비건 만두도 몇 개 넣으면 더 푸짐해진다. 큰 힘 들이지 않고 전골을 먹는 기분을 낼 수 있는 건 덤. 떡볶이를 먹기 위해 꼭 누군가가 죽거나 죽도록 고통받아야 할 필요가 없고, 떡볶이는 여전히 맛있다.

집에서 비건 떡볶이를 해 먹기 힘들다면 비건 옵션이 있는 떡볶이집들이 있다. 서울 이대역 근처의 '덕미가'는 서울에 사는 비건들의 성지다. 테이블에서 가스레인지로 끓여 먹는 즉석 떡볶이로, 비건 옵션으로는 기본 떡볶이, 깻잎 떡볶이, 토마토 떡볶이가 있다. 비건 옵션을 요청하면 일반 떡볶이에서 어묵, 달걀 등의 동물성 재료를 빼고 당면 등으로 대체해준다. 하루는 오랜만에 만나기로 한 비건 친구 H가 혹시 여길 가봤냐길래 아직 못 가봤다고 했더니 깜짝 놀라면서 약속 장소를 이곳으로 잡았다. 그러잖아도 가보고 싶었던 곳인데, 밖에서 밥을 먹을 일이 잘 없는 나로서는 반가울 수밖에.

계단을 차근차근 내려가 문을 열자마자 친근한 나무 탁자들과 벽에 빼곡히 붙은 포스트잇이 보인다. (벽에 붙은 포스트잇은 유명한 즉석 떡볶이집의 상징인 모양이다.) 마주 앉은 친구는 기본 떡볶이나 깻잎 떡볶이는 다른 곳에서도 먹어볼 수 있으니 토마토 떡볶이를 먹어보자고 제안했다. 떡볶이에 토마토? 의아한 사람들도 있겠지만 그리 이상한 메뉴는 아니다. 토마토는 글루탐산*이 많이 함유된 음식이라 음식에 감칠맛을 더해주고 과육 자체의 신맛으로 약간의 산미를 더해준다. 음식에 산미가 적절히 더해지면 쉽게 질리지 않아 계속 손이 가게 마련이다. 그래서 집에서 비건 떡볶이를 해 먹을 때도 토마토와 야채 스톡을 더하기도 한다.

곧이어 나온 전골 냄비에는 가득 담긴 떡볶이와 각종 사리가 있고, 그 위에 양배추와 브로콜리, 방울 토마토가 몇 개 올라가 있다. 보골보골 끓어오르는 냄비를 앞에 두고 우리는 즉석 떡볶이를 먹는 사람들의 미덕을 발휘해 서로의 근황을 나누고 수다를 떤다. 이것까지가 즉석 떡볶이의 맛이니까.

H는 동물권 문제를 삶의 주요한 의제로 삼고 있는 재주 많은 친구다. 우리의 모토는 '야심을 가지자'로, 만날 때마다 서로의 야심이 어떻게 변했고 어

---

* 단백질을 이루는 아미노산의 한 종류로, 나트륨과 결합시켜 결정체로 만들면 우리가 알고 있는 '화학조미료', MSG(글루탐산 나트륨)가 된다. 감칠맛의 주요 성분.

느 정도 진척되었는지를 공유하곤 한다. 타고나길 영 게으르고 야심이 없는 편인 내가 야심이라는 것을 의식하게 된 것은 이 친구의 덕이다. 비건을 지향하게 된 데에도 이 친구 영향이 있었다. 정확히 말하면 주변에 비거니즘을 실천하는 이런 친구들이 있어서 나도 부담 없이 시작해볼 수 있었다.

이런 굳건한 친구들 앞에서 나는 조금 부끄러워진다. 이 책을 쓰면서도 계속 고민하게 된다. 내가 여기서 맛있는 떡볶이 이야기를 하는 게 맞는 걸까? 맛있는 떡볶이 이야기를 하면서 더 많은 물고기를 죽이고 더 많은 암소를 고통에 빠트리는 건 아닐까? 떡볶이와 떡볶이의 사이드 메뉴를 찬양하는 것도 후일 어느 날에는 야만적인 이야기가 될까?

그럴지도 모른다. 그럴지도 모른다는 걸 내가 알고 있다는 건 중요하다. 앞으로 나는 계속 나의 추억과 새로운 선택 사이에서 미련 없이 새로운 선택을 하는 방법, 동시에 추억을 미워하지 않는 방법, 그리고 서툰 나 자신을 미워하지 않는 방법을 배워야 할 것이다. 혼란 가운데에 서서도 유연하게 나를 한곳으로 이끌어가는 법을 찾아야 할 것이다. 친구와 토마토 떡볶이를 먹으면서 그렇게 죄책감을 덜어낸 식탁의 즐거움을 만끽했다. 아 참, 물론 토마토 떡볶이는 파스타와 떡볶이 사이의 어딘가에서 감칠맛을 뽐냈다. 맛있었다는 뜻이다.

바로 근처의 '카우 떡볶이'에도 채식 옵션이 있다. 여기는 맥주를 함께 파는 분식집 스타일인 곳. 기본 국물 떡볶이부터 마라 떡볶이, 카르보나라 떡볶이, 짜장 떡볶이, 로제 떡볶이까지 다양한 채식 떡볶이가 있고 사이드도 시래기 주먹밥, 감자마요밥, 고추장 콩고기밥, 새송이튀김 등 여러 옵션을 제공한다. 이곳은 채식 옵션도 채식 옵션이지만 일단 맛과 친절함이라는 음식점의 두 가지 미덕을 모두 갖추고 있어 홀린 듯 자주 가게 된다. 벽에 적힌 "튀김 한 개 먹고 오래 있어도 뭐라는 이 없으니 편히 머물다 가세요."라는 문구에서는 사장님의 너른 마음이 느껴진다.

무엇보다 나에게 이곳의 가장 큰 매력은 '덜 달게'가 가능하다는 것이다! 중요한 사실이라서 느낌표를 붙였다. 채식 옵션이 없는 떡볶이집에서도 이런 일은 흔치 않다. 떡볶이집에서 '덜 달게'를 선택할 수 있다니. 덜 달게 할 수 있다는 건 양념을 이곳에서 직접 만든다는 뜻이고, 떡볶이를 미리 만들어 놓지 않는다는 뜻이며, 나처럼 단맛을 선호하지 않는 사람이 '혹시나 너무 달면 어쩌지.' 하는 걱정 없이 떡볶이를 즐길 수 있다는 뜻이다.

　거기다 비건 지향인들이 만나기 쉽지 않은 버터 갈릭 감자튀김도 채식 옵션으로 주문할 수 있고, 바삭바삭한 고구마튀김도 수제 간장에 찍어 먹으면 일품이다. 맥주와 국물 떡볶이로 유명한 집이니만큼 시원한 생맥주에 버섯 토핑을 추가한 채식 국물 떡볶이를 후루룩 퍼먹으면 하루의 피로가 싹 풀리는 듯하다. 집 근처에 있었으면 매일 출근 도장을 찍었을 건데.

　맛있는 비건 떡볶이는 불가능한 것도 특별한 것도 아니다. 무슨 별세계 이야기가 아니라는 뜻이다. 이곳처럼 튀김은 고구마튀김과 김말이튀김, 버섯튀김 같은 걸로 만들고 떡볶이는 채수나 채식 조미료를 넣은 국물에 버섯과 대파, 양배추 정도의 토핑을 더하면 된다. 주먹밥에는 참치와 마요네즈 대신 비건 마요를, 마라 떡볶이에는 고기 대신 푸주를 넣으면 된다. 물론 재고 관리의 문제도 있을 테고 맛을 잡기가 쉬운 일은 아니겠지만, 그래도 더 많은 떡볶이집에서 채식 옵션을 만날 수 있으면 좋겠다.

평소에는 일반 떡볶이를 먹다가도 비건 떡볶이를 한번씩 먹어보는 느슨한 채식 시도도 늘었으면 좋겠다. 마트에서 파는 대기업의 비건 떡볶이 밀키트가 지금은 달랑 한 종류지만 서서히 늘었으면, 사람들이 그냥 떡볶이보다도 맛있어서 혹하는 비건 떡볶이가 출시되면 좋겠다. 기다리다 보면 그런 날이 올까?

어른의 슬픔

떡볶이가 뒤집어쓴 가장 큰 누명 중 하나는 탄수화물, 그중에서도 단순 당 덩어리라서 건강을 위해서는 줄여야(혹은 끊어야) 하는 음식이라는 것이다. 누명이라고 썼지만 솔직히 말하면 사실이고 그걸 인정하기 싫어서 누명이라고 썼다. 조금만 생각해봐도 정제탄수화물 덩어리인 떡에 당이 듬뿍 들어간 양념을 같이 먹는 음식이니 건강에 좋을 리가 없다. 먹고 나면 혈당이 치솟는 데다 정제탄수화물 특유의 중독성 때문에 적정량만 먹기도 쉽지 않다. 나도 모르게 과식을 하는 사이, 속은 더부룩해지고 급격히 오른 혈당은 지방이 되어 몸 구석구석에 저장되며 피로와 염증이 따라오는 콤보 세트…. 어쩌면 어른이 된다는 건 마음 놓고 떡볶이를 먹는 시기가 끝난다는 것이 아닐까….

뭐든 어렸을 때 마음 다르고 어른 되어서 마음 다르다는 것이 우리의 슬픈 점이다. 어릴 때는 크면 과자를 잔뜩 사 먹겠다고 다짐해도 막상 어른이 되면 몇 봉지 이상 먹으면 몸에 무리가 온다는 것을 알게 되고, 나중에 돈을 많이 벌면 치킨에 떡볶이 파티를 하겠다고 다짐해도 그 정도 나이가 되면 더 이상

치킨과 떡볶이를 많이 먹을 수 없는 소화기관을 갖게 된다. 오호통재라. 물론 그 와중에 어른이 되어도 '텐텐'을 네 통씩 산다거나 감자칩을 박스째로 사는 사람도 있지만. (고백하자면 나도 '새콤달콤' 15개들이 네 박스를 산 적이 있다.)

하루는 나 포함 친구 네 명이 친구네 집에 모여 저녁을 먹을 일이 있었는데, 떡볶이와 치킨을 시키면서 다들 조금 감격스러워했다. 한 명은 아예 아침부터 굶고 왔고 한 명은 운동을 힘차게 조지고(?) 왔다. 물론 화면에 나올 일이 많은 친구들이어서 그런 것도 있지만, 서른 줄이 넘어가면서 컨디션을 위해 먹는 것에 신경을 쓰게 된 탓도 있다. 떡볶이를 먹기 위해 위장의 소화 능력과 근육의 글리코겐 저장 능력과 뇌의 자제력이 협동해야 하는 나이가 된 것을 축하합니다, 친구 여러분.

제로 콜라며 제로 사이다가 나오는 시대인데 제로 마라탕과 제로 떡볶이는 왜 안 나오는가, 하는 사람들의 귀여운 울부짖음이 종종 들려온다. 그래서인지 각종 방법으로 칼로리를 줄인 떡볶이가 출시되기는 한다. 곤약과 현미가 들어간 떡을 쓴다거나, 소스에 설탕 대신 대체당을 넣는다거나, 하다못해 대두단백이 들어간 어묵이나 닭가슴살을 추가해 단백질을 채우는 식이다. 떡 대신 말린 묵으로 비슷한 식감을 내는 방법도 있고 아예 — 떡볶이가 생각날 때 먹으라는 의도로 보이는 — 떡볶이 소스를 묻힌 닭가슴살도 판다. 떡볶이가 탄수화물의 화신인 만큼 다이어트를 할 때 강력하게 생각나는 음식이기 때문일 테다. 내가 떡볶이에 관심이 많은 편이다 보니 인스타그램 광고의 알고리즘에도 반영되곤 하는데, 정말 어쩌나 다들 떡볶이를 먹고 싶어 하는지 지금까지 우연히 본 다이어트 떡볶이만 열 종류는 넘어가는 것 같다.

하지만 호기심에 사본 곤약 떡볶이떡에서 미미한 단맛이 나는 타피오카 펄의 뉘앙스를 느꼈을 때 나는 세상에 공짜는 없다는 사실을 다시 한번 깨달았다. 맛있으면 칼로리가 높고, 예쁘고 좋은 물건은 비싸며, 손쉽게 쾌감을 주는 소셜미디어는 중독을 부르는 법…. 떡볶이에서 칼로리를 빼면 그게 맛이 있을 리가 없다. 그럼에도 신제품은 계속해서 쏟아지고 있고, 나는 여전히 새로 나온 다이어트 떡볶이 상세페이지를 열어보며 이게 과연 맛이 있을까, 의구심에 찬 눈길을 보내고 있다. 리뷰란은 찬사로 가득하지만 다이어트 중인 사람의 음식 리뷰를 곧장 믿으면 안 될 일이다. 결국 궁금증을 참지 못하고 구매했던 몇 가지 제품에 대한 평을 해보자면 다음과 같다.

[제품 1] 종이 용기에 담긴 형태의 떡볶이. 떡과 소스, 물을 넣고 전자레인지에 돌려 먹는다. 타 제품보다 당류가 적으면서도 맛을 유지했다는 점을 강조하고 있다. (물론 당류는 적더라도 떡이 들어가는 이상 당질 자체는 결코 적을 수가 없다.) 달달하면서 걸쭉한 소스는 시중의 떡볶이와 맛 차이가 크게 나지 않는다. 하지만 특별히 맛있는 떡볶이인 것도 아니다. 일단 종이 용기에 들어 있는 떡볶이들은 기본적으로 떡이 맛있기가 어렵기 때문에, 큰 기대 없이 먹는 것이 좋겠다.

총평: 맛과 영양소와 양이 전반적으로 무난한 편이지만 떡의 크기가 작아서 아쉽다.

[제품 2] 마찬가지로 종이 용기에 담긴 형태의 떡볶이. 콜라겐이 들어가 있고 칼로리가 낮다는 점을 어필 포인트로 내세우고 있다. 양은 1번에 비해 적은 편. 전체를 다 먹어도 칼로리가 적다는데 애초에 양이 적으니 칼로리가 낮은 건 당연한 것 같다. 떡의 크기가 지나치게 작고 전자레인지에 꽤 오랜 시간 돌렸는데도 식감이 딱딱하다. 기본적으로 작고 딱딱한 실온 보관 떡에 큰 기대를 하지 않는 편인데도 실망스러웠다. 떡볶이 소스에서 짜장 맛이 강하게 느껴져서 떡볶이로 채우고 싶었던 식욕을 채우지 못했다.

총평: 이걸 먹을 바에는 그냥 나가서 떡볶이를 사 먹겠다.

[제품 3] 밀키트 형태의 떡볶이. 떡은 현미떡이고 소스에는 아가베 시럽을 사용했다고 한다. 소스는 묽은 편. 시원칼칼한 맛의 국물 떡볶이라 숟가락으로 푹푹 퍼먹기 좋다. 떡은 약간 거친 식감에 고소한 맛이 있어 개인적인 입맛으로는 오히려 쌀떡보다 더 마음에 들었다. 소스를 더 진하게 졸이면 시중 떡

볶이의 맛도 날 것 같은데 졸이는 데에 시간이 오래 걸릴 것 같아 시도하지는 않았다. (일단 빨리 먹고 싶은 마당인데 한강물 같은 국물을 어느 천년에 졸이고 있나.) 실온 보관형인 앞의 두 떡볶이와 달리 냉동 보관이라, 냉동실 자리가 늘 부족한 나에게는 약간의 불편이 있었다.

총평: 국물이 얼큰해서 좋다. 일반 떡볶이가 당길 때보다는 얼큰한 떡 전골 같은 느낌의 음식이 먹고 싶을 때 가끔 먹을 만하다.

[제품 4] 냉동 떡볶이. 비닐을 살짝 뜯어 그대로 전자레인지에 돌려서 먹는다. 곤약떡을 사용했고 학교 앞 떡볶이 맛이라는 게 어필 포인트. 곤약이 들어가서인지 떡에 미끌거리는 느낌이 있지만 전자레인지에 충분히 돌리면 부드럽고 쫄깃하다. 떡의 크기가 종이 용기에 들어가는 떡처럼 작은 게 아쉬운 점. 이왕 냉동 상품인 거 떡이 컸으면 더 좋았겠지만 아마 그러면 떡이 제대로 익지 않고 곤약만 녹아내렸을 것 같다. 소스는 맵지 않고 달달한데 떡과 곤약의 전분 때문인지 약간 투명하게 보이는 편. 눈곱만 한

크기로 잘린 파가 고명으로 조금 들어가 있다. 딱 간식 정도의 양이라 그런지 칼로리도 높은 편은 아니다.

총평: 무난하지만 무난한 만큼 그저 그렇다.

[제품 5] 밀키트 형태의 떡볶이. 떡에는 두부와 현미가, 어묵에는 두부와 닭가슴살이 들어갔다고 한다. 소스도 저당으로 만들었다고. 현미의 보라색을 띤 떡은 이로 쉽게 잘리는 편이지만 그만큼 부드럽고, 약간 덜 쫄깃한 대신 양념과 함께 씹기에 좋다. 통밀이나 현미가 들어간 떡을 좋아하는 편이라 마음에 든다. 어묵 맛은 일반 어묵과 별 차이가 없고, 양념도 달달하면서 약간의 라면 수프 뉘앙스가 끝에 따라오는 평균적인 맛. 함께 넣고 끓이는 대파 블록이 잘 풀어지지 않아 아쉬웠지만 달달한 대파를 함께 먹는 맛이 나쁘지 않다.

총평: 다섯 개 제품 중 가장 일반 떡볶이에 가까운 무난한 맛이다.

하지만 역시 다이어트 떡볶이는 다이어트 떡볶이인 이유가 있다. 이걸 먹느니 그냥 맛있는 일반 떡볶이의 양을 조절해서 먹는 게 낫겠다는 생각이 드는 건 어쩔 수 없다. 괜히 애매한 음식으로 대체하려다가는 다음 날 또 떡볶이를 먹는 불상사가 생길지도 모른다.

예전에 가수 박진영(원조 JYP) 씨가 방송에 나와 자신의 체중 관리 요령을 설명하면서 자기는 '비빔'을 먹는다고 말했던 기억이 난다. '비빔'이 뭔고 하니, '비빔밥'을 먹고 싶은데 탄수화물을 줄여야 하니까 여기서 '밥'을 빼고 '비빔'만 먹는다는 것이다. 이런 지독한 사람…. 각종 나물과 고추장을 비벼서 먹으면 대충 비슷한 맛이 난다고. 하긴 비빔밥에서는 나물과 고추장 맛이 중요한 거니까 이해가 된다.

그렇다면 떡볶이도 비슷하게 해볼 수 있지 않을까? '떡볶이'가 아니라 '볶이'를 먹는 방식으로. 이쯤 되면 사실상 볶는 것도 아닌데 '볶이'만 남은 해괴한 상황이긴 한데, 아무튼 그것도 하나의 방법이 될 수 있을지 모르겠다. 떡의 식감과 맛을 좋아해서 떡볶이를 좋아하는 사람에게는 먹으나 마나 한 방법이겠지만. 그리고 그게 바로 접니다.

손 없는 날, 아니 일 없는 날

딱히 다이어트에 열정적인 편은 아니지만 음식에 따른 컨디션 변화에는 민감한 편이다. 나이를 먹을수록 장과 뇌가 연결되어 있다는 가설을 지지하게 된다. "당신은 당신이 먹는 것(You are what you eat)."이라는 말은 단순히 식습관이 그 사람의 외양이나 라이프스타일을 보여준다는 의미를 넘어서서, 먹는 것이 곧 나의 일부가 된다는 깨달음이기도 하다. 즉 나를 무엇으로 채우고 싶은가, 무엇을 동력으로 삼고 싶은가, 무엇을 희생시키고 있는가에 대한 자각이다. 비건을 지향하게 된 이유 중에는 이런 이유도 있다. (그렇다고 해서 나라는 사람이 내가 먹어온 돼지와 소와 닭의 총체라고 말할 수는 없겠지만, 사람의 기분이라는 것도 있으니까.)

어떤 영양소를 얼마나, 어떤 방식으로 섭취했는지에 따라 컨디션도 기분도 달라지니 먹는 것도 가리게 된다. 좋은 영양소를 적당한 양으로 챙겨 먹는 시기에 느껴지는 활력은 영양제의 효과에 비할 것이 아니다. 푸르고 붉은 각종 채소와 견과류, 곡류, 과일 등을 골고루 챙겨 먹고, 올리브 오일과 들기름을 애용한다. 곡류를 먹을 때는 통곡물과 콩류 제품으로 복합탄수화물과 단백질을 채운다. 빵은 보통 사워도우로 찾아 먹고 사워도우가 아니더라도 거친 식감의 통밀빵을 산다. 가공식품은 최대한 배제하고 배가 80~90% 찼을 때 식사를 끝낸다. '가장 중요한 것은 나의 컨디션이다.'라는 생각으로 식사를 하면 미련 없이 수저를 놓을 수 있다. 쓰고 보니 굉장한 컨트롤 프릭이 된 것 같은 느낌이 드는데, 이왕 한 번 사는 거 일상에서 할 수 있는 만큼 적당히 컨디션을 관리하려는 노력이다.

이렇게 지낼 때는 도통 떡볶이가 당기지를 않는다. 밥을 먹고 나서 '배의 기분'을 잘 들여다보고 느끼게 되면 이 '배의 기분'을 나쁘게 하는 음식은 먹고 싶지 않다. 떡볶이가 바로 전형적으로 '배의 기분'을 망치는 음식 중 하나다. 가공된 설탕과 떡, 자극적인 매운맛과 인위적인 감칠맛. 한입을 먹으면 계속 다음 입을 부르는 중독성. 적당한 때에 수저를 놓을 수 없어 꼭 과식을 하고 속이 답답하게 배부르다. 그런 탓에 하루이틀 정도는 신경을 써야 본래의 컨디션으로 돌아갈 수 있다. 게다가 역류성 식도염을 달고 사는 어른이 되는 바람에 떡볶이는 더욱 금

기의 음식이 되었다. 과식을 하거나 매운 음식을 먹으면 가슴이 조이며 답답한 느낌이 드는 것을 슬퍼하며 영양제를 먹는 나….

장이며 뇌며 하는 복잡한 이야기까지 가지 않아도, 떡볶이를 먹고 나서 소화가 잘 안 된다든지 좀 찌뿌둥하다든지 하는 느낌은 누구나 나이를 먹으며 조금씩 더 실감하게 되는 것 같다. 어렸을 때는 전혀 느끼지 못했던 불편함이었다. 서른이 넘고 보니 떡볶이를 먹고 나면 졸려서 헤드뱅잉을 한다거나(혈당이 급격히 치솟았다가 뚝 떨어지면서 밀려오는, 식곤증과는 조금 다른 피곤함이 있다.) 며칠 동안 몸이 무거운 느낌이 든다는 친구들을 드물지 않게 만난다. 앞으로 내 인생에 남은 떡볶이는 몇 번일까, 그런 생각을 하게 되기도 하고.

일을 하는 모두가 그렇겠지만 특히나 평일과 휴일의 구분 없이, 아침과 밤의 구분 없이 일을 하는 프리랜서에게는 매일의 인지 능력과 컨디션을 어느 정도 일정하게 유지해 아웃풋도 일정 수준 아래로 떨어지지 않도록 관리하는 것이 중요한 삶의 과제이기 때문에 이를 방해하는 음식을 자제하는 능력도 필요하다. 말하자면 삶을 총체적으로 관장하는 능력 같은 것이 필요한데, 그런 면에서 떡볶이는 나의 기피 음식 1순위 자리를 당당하게 차지하고 있다. (수많은 맛있는 음식을 제치고 굳이 떡볶이가 1순위인 이유는 이 책의 제일 앞에서 설명한 식습관을 보셨다면 아실 수 있으리라 믿는다.)

문제는 늘 여기서 발생한다. 평일이고 휴일이고 밤이고 낮이고 일을 하다 보면 컨디션 유지고 뭐고 일단 스트레스를 풀고 싶다는 강력한 욕망에 휩싸이게 된다. 그리고 가장 간편하게 스트레스를 풀 수 있는 방법 중 하나는 맛있는 음식을 먹는 것이다. 실은 엄청난 노력의 결과로 컨디션을 유지해온 것인데도, 간사한 뇌는 계속 컨디션이 괜찮았으니 좀 거친 음식을 많이 먹어도 마찬가지로 괜찮을 것이라는 착각을 정당화한다. 며칠 동안 쌓인 스트레스를 맵싹한 떡볶이와 바삭한 튀김으로 날려버리고 싶다는 생각이 뇌를 지배할 때면 이번엔 무슨 떡볶이를 먹어볼까, 싶어지는 것이다. 사람들이 뭐 건강할 수 있는 방법을 몰라서 안 하나, 지키기 힘들어서 못하지. 그래서 나는 이런 갑갑한 마음을 잘 쌓아두었다가 한 번에 해소하곤 한다. 좋아, 오늘은 떡볶이다! 하는 마음으로.

그런 날은 나만의 명절 같은 날이 된다. 평소에 계획과는 거리가 먼 내가 철저한 계획파로 변신하는 시간이다. 보통 하루 일과를 어느 정도 마치고 저녁 시간에 만찬을 즐기니까 저녁에 일이 없는 날을 잘 골라잡아야 한다. 심혈을 기울여 손 없는 날, 아니 일 없는 날을 택해 그날 먹을 떡볶이를 고른다. 보통 냉동실에 있는 떡볶이 중에 끌리는 떡볶이를 고르는데, 달달파 떡볶이를 먹을까 짭짤얼큰파 떡볶이를 먹을까가 주된 고민 주제다. 마땅한 떡볶이 키트가 없을 때를 대비해 소스 가루만 따로 사둔 것도 있다. 떡볶이를 결정하고 나면 함께 먹을 사이드 메뉴와 음료를 고른다. 보통은 비건 만두와 두부를 기본 토핑으로 먹으니까 냉장고에 재고가 있는지 확인하고 없다면 슈퍼마켓에서 사 온다. 만반의 준비를 마친 뒤 그날의 떡볶이를 경건한 마음으로 맞이한다.

이렇게 먹을 때는 다른 생각 하지 말고 최선을 다해 맛있게 먹어야 한다. 행복하게 먹는 게 중요하다. 이때 쓸데없이 '이런 걸 먹으면 안 되는데….' 같은 생각을 하면 안 먹느니만 못하다. 사실 뭐 세상에 음식 자체로 나쁜 음식이 있던가. 정제탄수화물도 운동 전에 먹으면 힘을 내게 도와주고, 매운 음식도 사람에 따라 스트레스를 푸는 데에 도움을 준다. 좋은 음식과 나쁜 음식이 구분되어 있다고 생각하게 되면 그때부터 죄책감의 굴레에 갇혀버리는 것이다. 필요한 때에 필요한 음식을 잘 먹는 게 중요한 것일 뿐, 과식만 하지 말자는 마음으로 즐겁게 먹는다. 그렇게 먹고 나면 다시 힘을 내서 평소의 패턴으로 돌아갈 수 있다.

한동안은 우울과 스트레스를 먹는 걸로만 풀어서 배가 고프지도 않은데 미친 사람처럼 계속 먹은 적이 있다. 맛도 느끼지 못한 채 일단 입에 욱여넣고 나면 배가 불러서 기분이 나쁘고, 기분이 나쁘면 다시 스트레스를 받고, 스트레스를 받아서 다시 먹는 악순환. 또 한동안은 스트레스 때문에 도저히 뭘 먹을 수가 없어서 하루에 거의 한 끼도 먹지 않았던 때도 있다. 그때는 빈속에 커피만 마셔서 위장이 다 고장 나고 시도 때도 없이 현기증이 났다.

　이런 일들을 겪으면서 꾸준히 잘 먹는 것이 얼마나 중요한지를 알게 됐다. 내가 나를 지킬 힘을 지니고 있으려면, 정신을 맑게 유지하고 좋은 선택을 하기 위해 하루하루 일정한 점을 규칙적으로 찍어나가야 한다는 것. 물론 이러다 예기치 못한 질병이 나를 덮칠 수도 있겠지만, 그것까지 내가 막을 수는 없겠지만, 그래도 사는 동안 내가 나를 잘 책임지기 위해 노력하고 싶다.

　그러니 뭘 먹든 자신의 상태를 잘 살피는 게 가장 중요하다고 나는 믿는다. 떡볶이를 무슨 만악의 근원처럼 써놓긴 했지만 모두에게 그런 것은 아니다. 건강상의 이유로 아예 떡볶이를 먹을 수 없는 사람도 있을 테고, 떡볶이를 아무리 먹어도 문제가 없는 사람도 있을 테니, 각자의 상황에 따라 즐거운 시간을 보내면 된다. 내가 제일 이해할 수 없는 태도는 말하자면 햄버거에 제로 콜라를 마시는 걸 유난이라고 비난하는 것이다. 각자 어떤 노력을 왜 하고 있는지 그 사정을 자세히 들여다볼 생각은 전혀 하지 않은 채 도매급으로 묶어서 조롱하는 것. 조금의 노력도 노력이고 약간의 발전도 발전이며 그 과정을 누가 알아주지 않더라도 자기 자신이 알고 있는 게 중요하다.

그런 의미에서 오늘의 떡볶이는 건강한 버전의 비건 떡볶이를 추천합니다. 양배추 반 통을 넣으면 달달하니 얼마나 맛있다고요.

왼손에 숟가락, 오른손에 4색 볼펜

오랜만에 떡국떡을 샀다. 혼자 살면서 딱히 떡국을 끓여 먹을 일이 없는 나로서는 장바구니에 도통 들어가지 않는 재료다. 떡국떡을 산 이유는 하나, 바로 그 떡볶이를 오랜만에 다시 해 먹기 위해서다. 가스 밸브를 열고, 가스레인지에 웍을 올린 후 스위치를 돌려 불을 피운다. 타타타타타타타… 화륵. 웍이 데워지기까지 조금 기다렸다가 식용유를 살짝 두른다. 고추장 단지를 열어 숟가락 바깥쪽으로 크게 한 스푼을 떠 기름 위에 얹는다. 기름에 붉은색이 돌고 고추장이 살짝 튀겨지며 고소한 눌은 냄새가 난다. 아, 이런 향이었지. 맞아. 고추장을 기름에 잘 풀어주고, 진간장을 꺼내서 두어 스푼 넣어 다시 잘 풀어준다. 간장의 짭조름하면서도 감칠맛 도는 향이 더해진다. 물을 조금 떠서 웍에 붓는다. 촤아아아아아…. 기름이 튀지 않게 조심해야 한다. 잘 저으면 이내 국물이 보골보골 끓는다. 고춧가루 조금, 설탕 조금, 물엿 조금. 보통은 그러면서 간을 보다 결국 간장을 조금 더 넣게 된다. 달달한 맛보다는 짭짤달달한 맛이 목표다.

소스가 끓는 동안 몸이 기억하는 대로 냉장고에

서 떡국떡을 꺼내고, 웍에 떡을 탈탈 붓고, 다시 잘 봉해서 냉장고에 넣는다. 떡의 양은 어릴 때보다는 조금 적게. 들어가는 재료는 역시 단순하게 만들기로 한다. 대신 이번에는 깊은 맛을 위해 식물성 조미료와 찬장에 있는 동결건조 대파를 조금 추가하기로 했다. 떡국떡은 금방 끓으니 많은 생각을 하면 안 된다. 눈대중으로 조미료와 대파를 빠르게 넣고 팔팔 끓는 웍을 가만히 바라본다. 김이 솔솔 올라오는 떡볶이에서는 익숙한 냄새가 난다. 떡이 표면에 떠오르는 걸 보고 이번엔 냉장고에서 참기름과 참깨를 꺼내 온다. 참기름을 한 바퀴 두르고, 잘 저어주고, 불을 끄고, 참깨를 뿌린다. 고소하고 짭짤한 향. 윤기 나는 소스. 나는 이 맛을 알고 있지만, 그래도 먹어보기 전에는 모른다.

그때의 기억을 살려 책상에서 떡볶이를 먹기로 했다. 책상 왼편에 떡볶이를 두고 오른쪽에 문제지를 펼친다. 그때는 수학이나 사회 문제지였겠지만 지금은 독일어 문제지다. 오랜 시간이 흘렀다는 게 문득 생생히 느껴진다. 왼손에 숟가락, 오른손에

4색 볼펜. 숟가락으로 떡을 푹 떠서 입에 넣으며 문제를 읽는다. 문장 중간중간 뻥 뚫린 빈칸에 올바른 정관사 쓰기. 떡볶이를 씹으면서 머릿속으로 남성 4격이 뭐였는지, 여성 1격이 뭐였는지, 중성 3격이 뭐였는지 떠올린다. 기다란 빈칸들은 떡볶이 떡의 그림자처럼 보이기도 한다. 빈칸 위에 머릿속으로 빨간색 원통을 그렸다가, 이내 검정색 볼펜으로 'der' 같은 글자를 쓴다. 그러는 동안 떡국떡의 부드럽게 흩어지는 질감과 함께 익숙한 그 맛이 입에 퍼진다.

아, 잘 알고 있지만 조금 다르다. 내가 기억하는 것보다, 혹은 우려했던 것보다 맛있다. 간장과 고춧가루가 먼저 들어오고 설탕이 따라오면 윤기를 뽐내며 기다리고 있던 물엿이 응답하는 그런 맛. 그때의 레시피가 지금도 맛있다니 조금 생경하게 느껴진다. 단지 떡볶이는 다 맛있기 때문일까? 혹은 나도 모르게 그때와는 다르게 간을 맞추고 있는 것일까?

떡볶이만큼 인생 내내 변함없이 맛있는 음식이 없었다. 파스타는 미국에 가서 너무 많이 먹느라 한동안 질렸고, 짜장면이나 라면은 애초에 별로 좋아하지 않았고, 그 어떤 반찬도 이렇게 주기적으로 오랫동안 먹지는 않았다. 떡볶이를 처음 먹었던 열 살 이전의 언젠가부터 서른이 넘은 지금까지 꾸준히 맛있게 먹고 있는 음식은 떡볶이 말고 없다. 나뿐만이 아니라 떡볶이를 사랑하는 많은 사람들이 그러하듯이. 그래서 떡볶이 하나로 이렇게 긴 글을 쓰게 됐다. 이만큼을 실컷 써놓고도 어쩐지 떡볶이에 대해서는 영원히 뭔가를 말할 수 있을 것 같지만….

나는 떡볶이에게 바라는 것이 없다. 그냥 이대로 신나게 그 자리에 있어주었으면, 지금처럼 계속 몸을 바꾸며 새로웠으면, 누구에게나 추억의 맛으로 여전했으면, 오랫동안 그렇게 있어준다면 충분하다. 차라리 하나 바라는 게 있다면 떡볶이 이모지가 하루빨리 등록되어서 친구에게 이모지 하나로 "떡볶이 고?" 같은 말을 할 수 있는 날이 오는 것이다.

다들 어찌나 떡볶이를 좋아하는지 유튜브를 보다 보면 떡볶이만큼 대중적인 음식이 없구나 싶어진다. 같은 유튜버의 먹방이라고 해도 떡볶이를 먹는 영상은 유난히 조회수가 높고, 이만큼 조회수를 보장해주는 음식은 전 국민의 애착 음식이라고 하는 치킨 정도다. 유튜버들은 구독자들이 원하는 대로 장단을 맞추어 온갖 방법으로 떡볶이를 장식한다. 치즈 폭포를 떡볶이 위에 붓기도 하고, 유난히 붉고 맵게 만들기도 하고, 치킨, 핫도그, 꽈배기와 페어링을 하기도 한다.

그렇게 유혹적인 썸네일을 홀린 듯 눌러 들어가면 때깔 좋은 떡볶이가 한가득이고, 누군가가 그걸 세상에서 제일 맛있게 먹고 있다. 떡볶이에 온갖 짓을 저질러놓아도 결국 먹고 있는 건 원본에서 크게 벗어나지 않은 떡볶이다. 우리가 알고 있는 바로 그 떡볶이. 사람들이 좋아하는 떡볶이. 어떤 이는 자기가 먹는 대신 이걸 보고 있다며 대리만족에 대한 고마움을 담은 댓글을 달고, 또 어떤 이는 영상에 나온 떡볶이를 자기도 먹어봐야겠다며 상호와 위치를 묻는다. 나도 누가 유튜브 영상에서 떡볶이를 먹는 걸 보고 나면 꼭 그날은 떡볶이가 먹고 싶어지곤 한다. 떡볶이의 이토록 치명적인 전염력.

그러니 이 책 속에서 할 말이 많았던 사람은 나뿐만은 아니었을 것이다. 내가 추천한 떡볶이집을 두고 자기 나름의 평가를 해보거나 자신만의 떡볶이 레시피를 꼽아보는 독자들이 적지 않았으리라 짐작한다. 책에 나오지 않은 떡볶이 맛집을 소개하고 싶거나 책에 나오지 않은 떡볶이 제품을 알리고 싶은 마음도 넘실댔을 것이다. 그러한 '떡볶이 대잔치'를 시작하도록 어깨를 살짝 건드려주는 책이었기를 바랄 뿐이다.

늘 추억의 일부로 존재하는 동시에 지금도 언제든 먹을 수 있는 음식. 소박하고 단출한 모습에서부터 화려하고 근사한 모습까지 다양한 기억으로 존재하는 음식. 나만의 취향이 확고하지만 누군가와 함께 먹으며 친해질 수 있고, 때로는 건강에 대한 걱정을 안기기도 하지만 완전히 미워할 수는 없는 음식. 오늘도 새로운 떡볶이집을 찾고 새로운 밀키트를 사며 식탁과 냉동실을 채운다. 맛과 기억과 친밀감이 만나는 자리에 있는 이 음식을, 앞으로도 오랫동안 좋아하게 될 것 같다.

추천의 글

떡볶이가 주는 행복과 위안을 모르는 사람과는 이야기하고 싶지 않다. 그만큼 떡볶이를 좋아하지만 만약 '떡볶이 사랑 대회'가 열린다면 나는 1등이 될 수 없다는 것을 이 책을 읽으며 깨달았다. 우리의 깊은 떡볶이 사랑에 대해, 김겨울 작가가 글을 써준 것에 큰 대리만족을 느낄 따름이다. 줄 서서 먹는 떡볶이 맛집부터 엄마표 떡볶이, 매운 프랜차이즈 떡볶이, 로제 떡볶이, 짜장 떡볶이, 전골 떡볶이, 각종 밀키트까지, 그녀의 떡볶이 자랑을 읽는 내내 침이 고인다. 떡볶이와 함께한 아름답고 찬란한 순간들은 덤이다. 세상의 모든 떡볶이는 옳다고, 대신 외쳐주어서 고맙습니다.

김소영

MBC 아나운서로 일했으며, 현재는 큐레이션 서점 '책발전소'와 라이프스타일 큐레이션 커머스 '브론테(BRONTE)'를 운영 중이다. 『진작 할 걸 그랬어』『무뎌진 감정이 말을 걸어올 때』를 썼다.

찾았다! 나의 떡볶이 메이트! 기름에 고추장을 볶아 떡볶이를 만든다는 구절에서부터 확신했다. 떡볶이에 대한 인사이트가 남다를 것이라는 걸. 첫 장부터 마지막 장을 넘길 때까지 '나와 이보다 잘 통하는 사람이 있을까?' 하는 생각에 기분이 고조되었다. 언젠가 김겨울과 함께 떡볶이에 대한 심오한 이야기를 나누고 싶다. 아마도 3박 4일은 거뜬히 지새우지 않을까 싶은데…. 아! 그나저나 맛없는 짜장 떡볶이는 꼭 한번 먹어보고 싶다.

떡볶퀸

자타공인 떡볶이 마니아. 인간 떡볶이. 47만 명의 구독자를 보유한 유튜브 채널 〈떡볶퀸〉 운영자. 세상의 모든 떡볶이를 소개하고 있다.

023　　　　　　　　떡볶이

언제나 다음 떡볶이가
기다리고 있지

1판 1쇄 펴냄 2023년 6월 14일　　　지은이 김겨울
1판 2쇄 펴냄 2023년 6월 20일

편집 김지향 황유라 정예슬
교정교열 안강휘
디자인 박연미
일러스트 성률
미술 이미화 김낙훈 한나은 김혜수
마케팅 정대용 허진호 김채훈 홍수현 이지원 이지혜 이호정
홍보 이시윤 윤영우
저작권 남유선 김다정 송지영
제작 임지헌 김한수 임수아 권순택
관리 박경희 김도희 김지현

펴낸이 박상준
펴낸곳 세미콜론
출판등록 1997. 3. 24. (제16-1444호)
06027 서울특별시 강남구 도산대로1길 62
대표전화 515-2000
팩시밀리 515-2007
편집부 517-4263　　　　　　　세미콜론은 민음사 출판그룹의
팩시밀리 515-2329　　　　　　　만화·예술·라이프스타일 브랜드입니다.
　　　　　　　　　　　　　　　　www.semicolon.co.kr
ISBN
979-11-92908-51-9 03810
　　　　　　　　　　　　　　　트위터 semicolon_books
　　　　　　　　　　　　　　　인스타그램 semicolon.books
　　　　　　　　　　　　　　　페이스북 SemicolonBooks
　　　　　　　　　　　　　　　유튜브 세미콜론TV